Claudia Choate
Verlorene Seelen 3 – Stumme Schreie

Verlorene Seelen 3

Stumme Schreie

von
Claudia Choate

Biografische Information der Deutschen Nationalbibliothek: Die Deutsche Nationalbibliothek verzeichnet diese Publikation in der Deutschen Nationalbibliografie; detaillierte bibliografische Daten sind im Internet über dnb.dnb.de abrufbar.

© 2019 Claudia Choate, Titelbild: Jessica Choate

Herstellung und Verlag: BoD – Books on Demand, Norderstedt
1. Auflage 2019

ISBN: 978-3-73470-959-3

INHALTSVERZEICHNIS

Wahre Freunde 9
Wanderurlaub mit Überraschungen 24
Ein folgenschwerer Unfall 36
Neue Bekanntschaften 51
Veränderungen 67
Schockzustand 80
Freundschaftsdienste 91
Panikattacke 103
Verliebte Blicke 113
Nacht des Grauens 127
Fahrerflucht 144
Die schreckliche Wahrheit 158
Entführt 173
Missbraucht 188
Rettung in letzter Sekunde 198
Die Macht der Liebe 210
Danksagung 232
Weitere Titel von C.Choate 234

II

WAHRE FREUNDE

Jessica drehte den Schlüssel im Schloss und öffnete ihre Haustür. Sofort wurde sie von aufgeregtem Gezwitscher empfangen. Tilly und Teddy, die beiden bunten Wellensittiche, flogen aufgeregt in ihrem Käfig hin und her. Die junge Frau hängte ihre Tasche an die Garderobe und trat auf den Käfig zu. „Na, ihr beiden. So aufgeregt? Ach, ich sehe schon. Ihr habt schon wieder alles abgeknabbert." Sie öffnete die Tür des Unterschrankes, holte ein Paket Vogelstangen hervor und hängte sie in den Käfig. Sofort gaben die beiden Tiere Ruhe und fingen gierig an, die Stangen zu bearbeiten. Jessica lächelte, setzte sich auf die Armlehne ihres Sessels und beobachtete die beiden einen Moment. Dabei öffnete sie ihre langen, kastanienbraunen Haare, die bisher in einem ordentlich geflochtenen Zopf geordnet gewesen waren, und schüttelte den Kopf. Nun fielen ihr die Haare in leichten Locken über den Rücken.

Obwohl Jessica noch nicht einmal neunzehn war, lebte sie bereits seit fast drei Jahren in dieser kleinen, gemütlichen Wohnung, genaugenommen seit dem

Beginn ihrer Ausbildung zur Reisebürokauffrau, nachdem sie ihren Realschulabschluss mit einem Notendurchschnitt von 1,8 gemacht hatte. Eigentlich hätte sie auch das Abitur machen können, aber da sie kein Interesse daran hatte, anschließend zu studieren, hatte sie es vorgezogen, von der Schule abzugehen und ihr eigenes Geld zu verdienen.

Früher hatte sie mit ihren Eltern in einer Militärwohnung in Wiesbaden, später dann in einer Eigentumswohnung im Taunus gelebt. Ihr Vater, Jason Brown, war lange Jahre Militärpolizist in der US-Armee gewesen. Er war damals bereits in Deutschland stationiert, als ihre Mutter Christine ihn kennengelernt hatte. Die beiden hatten geheiratet und viele Jahre in Deutschland gelebt. Dennoch war Jessica immer auf eine deutsche Schule gegangen, hatte aber auch viele Kontakte zu amerikanischen Kindern gepflegt.

Ihre Eltern hatten schon immer den Traum, eine kleine Pension an einem warmen Ort zu eröffnen und als Jessica ihnen mitteilte, dass sie eine Ausbildung machen wollte, hatten sie die Gelegenheit beim Schopf gepackt und waren nach Amerika ausgewandert. Inzwischen waren sie die stolzen Besitzer einer kleinen Familienpension mit Frühstück in der Nähe von San Antonio, Texas. Jessica besuchte sie regelmäßig einmal im Jahr und ihre Eltern kamen ihrerseits in der Weihnachtszeit oft nach Deutschland, um die Feiertage mit ihrer einzigen Tochter zu verbringen. Zusätzlich telefonierten sie mindestens einmal die Woche oder schrieben doch wenigstens Mails, wenn es mal nicht möglich war. So nahmen Jason und Christina Brown auch in über achttausend Kilometern Entfernung an dem Leben ihrer geliebten Tochter teil. Gleichzeitig lebte sie ihr eigenes Leben, verdiente ihr eigenes Geld und genoss ihre Freiheit.

Einsam war sie deshalb noch lange nicht, denn sie traf sich regelmäßig mit ihrer ehemaligen Schulfreundin Carolin, die von allen jedoch nur Caro gerufen wurde. Caro und sie waren seit der fünften Klasse die besten Freundinnen, unternahmen viel gemeinsam und kochten auch zusammen. Regelmäßig hatte einer von beiden bei der Freundin übernachtet, wodurch sie auch Carolins älteren Bruder inzwischen sehr gut kannte. Anfangs machte sich Mischa nicht viel aus der Gesellschaft der Mädchen. Immerhin war er drei Jahre älter als die beiden, doch als Jessica und ihre Freundin langsam aus dem Teeny-Alter herauswuchsen, stellte Mischa fest, dass es richtig lustig sein konnte, mit den beiden um die Häuser zu ziehen oder ins Kino zu gehen. Mit der Zeit entwickelte sich eine richtige Freundschaft zwischen den dreien und sie verbrachten jede freie Minute miteinander.

Und seit einem knappen Jahr hatten die drei sogar eine neue gemeinsame Leidenschaft. Jessicas Vater hatte seine Tochter schon als kleines Mädchen auf Country-Festivals mitgenommen und ihr viele der Tänze beigebracht. Als sie dann volljährig wurde, war er mit ihr bei einem Besuch in die amerikanischen Clubs gegangen und sie hatte später auch ihre Freunde für die Country-Musik begeistern können. Seitdem verbrachten die drei viele Wochenenden in einem der Country-Clubs im Rhein-Main-Gebiet. Jessica hatte ihnen die Grundschritte beigebracht und tanzte auch heute noch sehr gerne mit dem Freund. Mischa war groß und kräftig und man konnte sich in seinen Armen geborgen fühlen. Außerdem war der braunhaarige, junge Mann ein ausgezeichneter Tänzer, nachdem er erst einmal ein bisschen Übung im Two-Steps hatte. Und Carolin mit ihren langen, blonden Haaren, der schlanken Figur und den leuchtend blauen Augen hatte eigentlich nie Probleme, einen Tanzpartner zu finden. Sie war bald ebenfalls eine recht passable Tänzerin, bei der die Jungen regelmäßig Schlange standen.

Nachdem sich Jessica ein wenig von dem anstrengenden Arbeitstag ausgeruht hatte, ging sie in die Küche, um das Abendessen vorzubereiten. Als sie gerade einen großen Topf mit Wasser auf den Herd gestellt hatte, klingelte ihr Telefon.

„Jessica Brown."

„Hi, Jessy. Ich bin's... Caro. Alles klar?"

„Sicher, nur ein bisschen verspannt vom langen Sitzen. Freue mich schon aufs Tanzen heute Abend. Ein bisschen Bewegung wird mir richtig guttun."

„Ach ja, das Tanzen. Deshalb rufe ich an."

„Was ist los, Caro? Willst du absagen?", fragte

Jessica mit enttäuschter Stimme.

„Nein, nein. Im Gegenteil."

„Im Gegenteil?"

„Ja, also es ist so. Mischa hat doch schon öfter von seinem Freund erzählt, mit dem er viele Jahre lang die Schulbank gedrückt hat. Du hast ihn auch schon ein paarmal bei uns zu Hause gesehen."

„Du meinst Christoph?", fragte Jessica, „diesen gutaussehenden, dunkelhaarigen Jungen, der immer so zuvorkommend ist?"

Carolin lachte. „Ja, genau der."

„Und? Was ist mit ihm?"

„Würde es dir etwas ausmachen, wenn wir ihn heute Abend mitbringen?"

„Zum Essen?", fragte Jessica.

„Ja, auch. Aber auch in den Club. Christoph hat gerade mit seiner Freundin Schluss gemacht – oder besser: sie mit ihm. Und mein Bruder meint, er könnte ein wenig Ablenkung gut gebrauchen. Ein bisschen Tanzen, vielleicht was trinken und ein bisschen nette Gesellschaft. Und da hat er natürlich gleich an uns gedacht." Jessica konnte das breite Schmunzeln auf Caros Gesicht sogar an dem Klang ihrer Stimme erkennen.

„Klar könnt ihr ihn mitbringen. Dann sind die Verhältnisse endlich mal ausgeglichen. Sonst ist dein Bruder immer in der Minderheit. Kann er tanzen?"

„Du, ich habe keine Ahnung. Aber darum geht es vermutlich auch gar nicht. Also gut. Wir kommen dann wie besprochen um sieben zu dir. Vergiss nicht, ein weiteres Gedeck aufzulegen."

„Werde ich schon nicht. Bis gleich, Caro." Jessica legte auf und fing an, den Tisch zu decken. Da heute auch noch der Freund von Mischa kommen würde, gab sie sich besondere Mühe und stellte sogar eine Kerze auf den kleinen Esstisch – etwas, das sie normalerweise nur an Weihnachten oder Geburtstagen tat. Chris sollte sich wohl fühlen und seinen Kummer möglichst vergessen. Sie wusste selber, wie es war, wenn man eine Trennung hinter sich hatte. Auch sie war schon einmal verliebt gewesen, das hatte aber nur wenige Wochen gehalten und mehr als Küsschen war damals eigentlich auch nicht passiert. Dennoch war sie anschließend nicht wirklich gut drauf gewesen, doch Caro und Mischa hatten ihr geholfen, darüber hinwegzukommen und heute war sie richtig froh, dass sie nicht mehr mit dem Jungen zusammen war. Er war ein Idiot gewesen und es nicht wert, ihm nachzutrauern. Allerdings hatte es eine Weile gedauert, bis sie das endlich kapiert hatte.

Nachdem Jessica das Wasser angestellt hatte, ging sie in ihr Schlafzimmer und zog den Kleiderschrank auf. Nachdenklich ließ sie ihren Blick über ihre Countryblusen gleiten und entschied sich schließlich für eine blaue Jeans und eine lange Jeansbluse mit Pferdemotiven und weißen Nähten. Dazu würde sie ihren weißen Cowboyhut tragen sowie ein paar weiße Cowboystiefel. Sie drehte sich vor dem großen Spiegel und war mit ihrem Aussehen zufrieden.

Frisch gestylt ging sie zurück in den Wohnbereich und hängte den Hut an die Garderobe. Dann kümmerte sie sich um das Abendessen: Spaghetti mit Käse-Sahne-Soße. Pünktlich um sieben klingelte es an der Tür. „Moment!", rief sie aus der Küche, da sie gerade dabei war, die Nudeln in ein Sieb zu gießen. Dann ging sie zur Haustür und öffnete. „Hallo, ihr Lieben. Pünktlich auf die Minute. Bin gerade mit dem Kochen fertig. Kommt rein."

Sie umarmte Caro und Mischa kurz, wie sie es immer tat, und reichte dann ein wenig unschlüssig Christoph die Hand, der seinerseits ebenfalls ein wenig unschlüssig in der Tür stand. „Hallo Christoph. Willkommen in meinem kleinen Reich. Schön, dass du uns heute begleiten willst."

„Ich weiß nicht. Mischa hatte die Idee, aber ich möchte euch eigentlich nicht die gute Laune verderben", antwortete der junge Mann ein wenig schüchtern.

„Keine Bange", lachte Jessica. „Uns verdirbt man nicht so schnell die Laune. Du wirst sehen, es wird eher so sein, dass unsere gute Laune ansteckend wirkt. Komm', setz' dich."

Mischa warf Jessica einen dankbaren Blick zu. So kannte er das Mädchen: immer gut gelaunt, offen und freundlich. Er konnte sich gar nicht mehr vorstellen, warum er früher immer einen großen Bogen um sie gemacht hatte. Okay, sie war drei Jahre jünger als er, aber Jessica wirkte älter und reifer als seine kleine Schwester. Und sie war ein toller Kumpel, das wusste er inzwischen nur zu gut.

Jessica schien Recht zu behalten. Christoph taute bereits während des Essens ein wenig auf, ging auf die kleinen Kabbeleien der drei Freunde ein und beteiligte sich an der angeregten Unterhaltung. Schließlich machten sich die vier jungen Leute auf den Weg in den Country-Club. Als Jessica ihren Hut aufsetzte und die Stiefel anzog, pfiff Christoph anerkennend durch die Zähne. „Schick. Trägt man das so, wo ihr immer hingeht?"

„Manche schon. Aber nicht alle. Also mach' dir keine Gedanken. Mischa geht immer so wie heute – mit Jeans und Hemd kann man eigentlich nichts verkehrt machen. Ich versuche schon eine geraume Zeit, ihn zu einem Cowboy-Hut zu überreden. Das steht ihm, er traut sich aber noch nicht. Na immerhin haben wir ihn schon zu den Stiefeln überredet, wie ich sehe. Heute Premiere?" Sie stieß ihm den Ellenbogen in die Seite.

Mischa lief ein wenig rot an. „Na ja, ich dachte, ich könnte es mal versuchen, auch wenn es noch ein wenig ungewohnt ist, Absätze zu tragen. Ich dachte immer, das wäre nur etwas für euch Mädels."

„Für deine Schwester vielleicht. Ich hasse Absätze...", gab Jessica zu und ergänzte dann kichernd: „wenn sie nicht gerade unter den Cowboystiefeln hängen."

„Also los, Leute. Hört auf, rumzualbern und lasst uns endlich fahren. Ich will tanzen", forderte Caro den Rest der Truppe auf. Sie zog sich die Spange, mit der sie ihre langen, blonden Haare beim Essen zusammengehalten hatte, aus der Mähne und schüttelte sie auseinander. Sie bildeten zu der dunklen Bluse, die sie zu einem schwarzen Minirock trug, einen schönen Kontrast. Jessica wusste, dass im Auto noch ein ebenfalls schwarzer Hut liegen würde, der ihr Outfit abrundete. Im Gegensatz zu Jessica, die ihren natürlichen Look liebte, trug Caro auch ein wenig Makeup, aber sehr dezent, sodass es kaum auffiel.

Sie fuhren in Mischas Wagen zum Rainbow-Club nach Darmstadt, bezahlten den Eintritt und suchten sich einen kleinen Tisch an einer der Wände. Es war noch recht früh und infolgedessen war nicht viel los. Mischa stand auf und wandte sich an die anderen. „Cola, wie immer? Oder wollt ihr heute mal was für Erwachsene?"

Christoph folgte Mischa zur Bar und stand ein wenig unschlüssig davor. „Was ist los, Kumpel? Zu große Auswahl?"

„Nee", gab sein Freund zu. „Du weißt doch, dass ich eigentlich selten etwas trinke. Aber die Mädels halten mich sicher für einen Waschlappen, wenn ich mit Cola oder so wieder auftauche."

„Jessy und Caro? Bestimmt nicht. Ich verrate dir mal etwas. Seit wir zusammen tanzen gehen, habe ich Jessy und Caro nur zweimal gesehen, dass sie etwas Alkoholisches zu sich genommen haben. Normalerweise trinken die immer nur Cola. Und die beiden Male, wo sie etwas getrunken haben, haben sie sich den Cocktail sogar geteilt. Du brauchst also keine Angst zu haben. Ich würde mir eher Sorgen machen, wenn du dich abschießen willst. Das mögen die zwei nämlich nicht so sehr. Ich bin hier der einzige, der hin und wieder mal ein Bier trinkt, aber dann steige ich meist auch wieder auf Cola um. – Also vier Cola?"

Christoph nickte erleichtert und kehrte wenig später mit Mischa an den Tisch zurück. Solange die anderen am Tisch saßen und sich unterhielten, wirkte Christoph aufgeschlossen und fröhlich. Doch wenn die drei auf der Tanzfläche verschwanden, schien er seinen Gedanken nachzuhängen. Wie immer wurde Caro von einer Unmenge an jungen Männern zum Tanzen aufgefordert, sodass Jessica mit Mischa tanzte, so wie sie es schon oft getan hatten. Bei einem langsamen Lied legte das Mädchen ihre Arme auf seine Schultern und er hielt sie an den Hüften, während sie sich zu den langsamen Klängen wiegten. Keiner von beiden hatte dabei ein ungutes Gefühl; sie waren Freunde und vertrauten einander und niemand nutzte die Situation in irgendeiner Weise aus, wie es manch anderer vielleicht getan hätte, den sie auf der Tanzfläche bemerkten: völlig fremde Menschen, die ihre Finger nicht von dem Tanzpartner oder der Tanzpartnerin lassen konnten. Jessica und Mischa ging es einfach nur um das Tanzen selber. Doch heute näherte sich Mischas Gesicht ihrem Ohr, während sie tanzten und Jessica überlegte schon, was er vorhatte, als er anfing zu sprechen: „Jessy, tust du mir einen Gefallen?"

„Was denn?"

„Meinst du, du könntest auch mal mit Chris tanzen? Er sieht so traurig aus und ich glaube, ein Tanz mit einem... mit dir würde ihm guttun."

„Wenn du meinst. Natürlich."

„Danke. Du bist ein Schatz."

Als sie wenige Minuten später zurück an den Tisch kamen, setzte sich Mischa hin und trank einen großen Schluck aus seinem Becher. Jessica trank ebenfalls einen Schluck, blieb aber neben dem Tisch stehen. „Willst du dich nicht setzten?", fragte Christoph irritiert.

„Eigentlich wollte ich gerne tanzen", lächelte das Mädchen.

„Ach so. Na dann viel Spaß."

„... mit dir, Christoph."

Der junge Mann starrte sie ein paar Sekunden lang ungläubig an. „Wieso mit mir?"

„Wieso nicht? Oder hast du was gegen mich?"

„Nein, natürlich nicht. Ich dachte nur... ich hab noch nie..."

Jessica lächelte ihn auffordernd an und hielt ihm ihre Hand hin. „Komm'! Ich zeige es dir. Du brauchst keine Angst zu haben. Es gibt viele hier, die das noch nicht können. Aber niemand wird dich auslachen."

Ein wenig zögernd folgte Christoph dem Mädchen auf die Tanzfläche. Sie stellte sich an den Rand, um die anderen Tänzer nicht zu behindern. „Es ist ganz einfach: Eins, zwo – eins – zwo – eins, zwo – eins – zwo. Siehst du? Ich fange mit dem rechten Fuß an, du mit dem linken. Und jetzt im Takt." Jessica führte ihn über die Tanzfläche und Christoph stellte sich gar nicht so schlecht an, für das erste Mal. Er hatte ein gutes Taktgefühl und passte sich ihren Bewegungen an. Bald hatte er den Dreh raus und übernahm die Führung. Im Laufe des Abends tanzten sie noch ein paar Mal zusammen und auch mit Mischas Schwester versuchte er sein Glück. Zum Schluss konnte er sogar die ein oder andere Drehung.

Der Abend hatte Wunder bewirkt. Christoph war auf andere Gedanken gekommen und Caro und Jessica hatten einen neuen Freund gewonnen. Von diesem Tag an waren die vier ständig zusammen, aus ihrem Trio war über Nacht ein Quartett geworden, das fast alles miteinander teilte, zusammen ins Kino ging, kochte und regelmäßig zum Tanzen fuhr. Binnen weniger Monate machten Caro und Jessica aus den beiden Jungen richtige Cowboys, die regelmäßig Aufsehen erregten und bei den weiblichen Gästen der Clubs hoch im Kurs standen. Zu mindestens so lange, bis diese bemerkten, dass keiner von beiden auf einen One-Night-Stand aus war.

Das änderte sich erst, als Mischa seine neue Freundin Silvia im Architekturbüro kennenlernte, wo er inzwischen arbeitete. Anfangs hatte er versucht, das Mädchen mitzunehmen, aber irgendwie passte die Chemie zwischen ihr und den anderen nicht. Silvia nörgelte herum, war am liebsten mit ihrem Mischa alleine und der junge Mann musste sich schließlich entscheiden. Da Silvia jedoch ebenfalls einen eigenen Freundeskreis hatte, mit dem Mischa nicht so wirklich warm werden wollte, einigten sie sich darauf, dass er mindestens einmal die Woche mit seinen Freunden etwas unternehmen durfte, während sie mit ihren Freundinnen unterwegs war. Das klappte eigentlich recht gut und ein paar Monate später, kurz nach Jessicas neunzehntem Geburtstag Anfang März, zog Mischa von zu Hause aus in die Wohnung seiner Freundin. Das hatte den Vorteil, dass er sich nun sogar wieder öfter mit seinen Freunden treffen konnte, da er und Silvia ja bereits jeden Abend nach der Arbeit zusammen sein konnten.

Mit der Zeit wurde aus den vier Freunden ein unzertrennliches Kleeblatt, das sich blind vertraute. Deshalb nahm es Mischa der Freundin auch nicht übel, als sie eines Abends das Gespräch mit ihm suchte. Mischa war ein bisschen früher gekommen, als Christoph und Carolin und sie setzten sich zusammen auf Jessicas Couch. „Darf ich dich mal etwas fragen, Mischa?"

„Klar, was immer du willst."

„Bist du glücklich?"

„Was meinst du?"

„Ich rede von Silvia. Bist du glücklich mit ihr?"

„Ja, doch, ich denke schon", antwortete Mischa,

doch für Jessica wartete er ein bisschen zu lange mit der Antwort, um nicht hellhörig zu werden.

„Wirklich überzeugt klingt das aber nicht", teilte sie ihm daher mit.

„Jessica, das ist auch nicht so ganz einfach. Silvia ist so ganz anders als ihr."

„Hübscher?", grinste das Mädchen.

„Du weißt ganz genau, dass das nicht stimmt. Du bist doch auch ein hübsches Mädchen, nur eben anders. – Nein, ich würde es eher… eleganter nennen. Du bist natürlich, rein, ein richtiger Kumpel. Silvia dagegen ist… wie soll ich das sagen? Ein richtiges Mädchen eben, mit allen Vor- und Nachteilen. Ich denke, ich liebe sie, aber mit ihr kann ich eben nicht Quatsch machen oder über gewisse Dinge reden, wie ich das mit dir oder Caro kann. Ich kann dir nicht sagen, ob die Beziehung von Dauer sein wird oder nicht, manchmal möchte ich Silvia am liebsten auf den Mond schießen und dann ist sie wieder so liebenswürdig, dass sie mich um den Finger wickelt. Kannst du das verstehen?"

„Möchtest du eine ehrliche Antwort?"

„Klar", sagte Mischa, „ich war doch auch ehrlich zu dir."

„Also gut. Ich denke, du weißt, dass ich von Silvia nicht allzu viel halte. Ich habe irgendwie das Gefühl, dass sie mit dir zusammen ist, weil du gut aussiehst und alles machst, was sie will. Ich möchte nicht, dass sie dich ausnutzt und wegwirft, wenn sie genug von dir hat – möchte nicht, dass sie dir wehtut. Tu mir bitte den Gefallen und sei auf der Hut."

Mischa gab ihr einen Kuss auf die Wange und lächelte. „Du bist süß, Jessy. Aber mach' dir keine Sorgen. Ich weiß schon, was ich tue." Damit war das Gespräch beendet, doch Mischa hatte es nie wirklich vergessen – auch nicht, als sie einige Monate später wieder einmal zusammen in Jessica Wohnung beisammen saßen.

WANDERURLAUB MIT ÜBERRASCHUNGEN

„Ich kann es kaum erwarten, dass es losgeht", stelle Jessica mit einem Seufzen fest.

„Endlich einmal ein paar Tage ausspannen, die Natur genießen und vor allem, weg aus dem Alltag", stimmte Carolin ihrer besten Freundin zu.

„Ihr habt doch keine Ahnung", warf Christoph mit einem Grinsen ein, „das Beste wird definitiv, vierundzwanzig Stunden mit den tollsten Menschen zusammen zu sein, die es auf der Welt gibt."

Mischa klopfte ihm auf die Schulter. „Hey, Junge. Jetzt werde mal nicht sentimental. – Aber eigentlich hast du ja Recht. Die Zeit mit euch wird bestimmt klasse. Wir sind eben ein Spitzen-Team, wir vier – ein richtiges Kleeblatt halt." Der große, junge Mann blickte von einem zum anderen.

Da Silvia zwei Monate auf einer Fortbildung war, würde Mischa den Urlaub mit seinen besten Freunden verbringen und eine Reise machen. Die vier hatten einen Wanderurlaub in Österreich geplant und heute war der letzte Abend vor der Abfahrt. Deshalb hatten sich die vier noch einmal in Jessicas Wohnung getroffen, um durchzugehen, ob sie an alles gedacht hatten. Morgen früh würden sie dann mit Mischas Auto auf die Reise gehen. Sie hatten sich für zwei Wochen ein kleines Appartement gemietet, das über drei Schlafzimmer verfügte – zwei Einzel- und ein Doppelzimmer. Die Mädchen hatten beschlossen, das Doppelzimmer zu nehmen und die beiden Jungen würden jeder ein kleines Zimmer für sich alleine haben.

„Sag' mal, hat eigentlich irgendjemand an Verbandszeug gedacht?", fragte Christoph plötzlich. „Ich meine, immerhin wollen wir wandern gehen, da sollten wir wenigstens ein paar Blasenpflaster und vielleicht was zum Verbinden mitnehmen, falls jemand umknickt."

„Nee, verdammt. Das haben wir vergessen", antwortete Carolin erschrocken. „Jessy, hast du zufällig noch was im Haus? Oder müssen wir morgen auf dem Weg etwas besorgen?"

„Ich bin mir nicht sicher. Lass' mich mal nachsehen." Jessica ging zum Badezimmer, um zu schauen, was sie vorrätig hatte. Als sie nach einigen Minuten immer noch nicht wieder da war, folgte Christoph ihr, um eventuell behilflich zu sein.

„Jessy? Brauchst du Hilfe?", fragte er, als er in die Tür trat.

Jessica hatte gerade auf einem Stuhl gestanden, um im obersten Regal im Badezimmerschrank herumzukramen, in dem sie das Gewünschte vermutet hatte. Sie war schließlich auch fündig geworden und gerade im Begriff, wieder herunterzusteigen. „Nein, danke. Hab's schon gefunden", grinste sie ihn an und deutete auf den Rand des Waschbeckens, wo sie das Verbandsmaterial abgelegt hatte, bevor sie vom Stuhl geklettert war. Gleichzeitig griffen sie nach der Verbandstasche und seine Hand war nur ein Bruchteil langsamer als ihre. Daher griff er nicht nach der Tasche, sondern nach Jessicas Hand.

Für ein paar Sekunden ruhte sie auf ihrem Handrücken und Jessica durchzuckte ein Kribbeln, als sie es bemerkte. Langsam zog sie ihre Hand unter der seinen hervor, während Christoph eine Entschuldigung murmelte.

Kurz darauf kamen sie gemeinsam zurück ins Wohnzimmer. Jessica schwenkte die Verbandstasche in der Hand. „Gefunden!", rief sie und stopfte die Tasche in ihren kleinen Koffer.

„Haben wir sonst noch was vergessen?", fragte Mischa in die Runde und alle schüttelten den Kopf. „Dann brauchen wir morgen früh nur noch ein paar Getränke und was zum Essen für die Fahrt einpacken, bevor es losgeht."

„Und vergiss die Straßenkarte nicht, Chris. Wer weiß, wo wir sonst landen", lachte Carolin. „Wenn mein Bruder am Steuer sitzt, weiß man ja nie."

Das Mädchen erntete einen Knuff in die Seite für diese Bemerkung, bevor sich Mischa wieder zurück auf die Couch fallen ließ. „Jemand noch Lust auf ein Video?", fragte er dann. Allgemeine Zustimmung war die Antwort und es dauerte nur wenige Minuten, bis sie sich auf einen Film geeinigt hatten. Zusammen setzten sie sich auf das große Sofa in Jessicas Wohnzimmer. Zu viert war es fast ein wenig eng, doch die vier kannten sich lange genug, um keine Berührungsängste zu haben. Sie hatten schon oft hier zusammengedrängt gesessen und Filme geschaut. Auch diesmal setzte sich Jessica zwischen die beiden Jungen und dachte sich überhaupt nichts dabei.

Christoph hob die Arme auf die Rückenlehne und legte sie den beiden Mädchen um die Schultern. Mischa grinste ihn an: „Du fühlst dich wieder pudelwohl, zwischen unseren beiden Mädels, Chris. Kann das sein?"

„Mann, Mischa! Gönn' mir doch auch mal was. Immerhin hast du als einziger von uns eine feste Freundin. Lass' mir doch auch mal meinen Spaß." Zwei Ellenbogen trafen ihn gleichzeitig in die Seite. Christoph krümmte sich spielerisch zusammen. „Oh, tut das weh. Ich glaube, ich sterbe, wenn ihr mich nicht wiederbelebt." Die Mädchen lachten vergnügt und gaben ihm jede einen Kuss auf eine der Wangen. Lächelnd richtete er sich wieder auf. „Ihr habt mich gerettet, meine Engel."

Mischa beobachtete das Schauspiel von einem Ohr zum anderen grinsend. „Meinst du nicht, dass du dich dann mal für eine entscheiden solltest?"

„Wozu denn? Ich kann doch beide haben", antwortete Christoph mit ernstem Gesicht.

„Sei mir nicht böse, Chris", lachte Carolin, „aber du bist leider nicht mein Typ."

„Schade. Dann muss ich eben mit Jessy vorlieb nehmen." Er drehte sich zu dem Mädchen um und wollte ihr einen Kuss auf die Wange drücken, was auch kein Problem gewesen wären, hätte sie sich nicht im gleichen Moment zu ihm umgedreht. Dadurch traf sie sein Kuss mitten auf den Mund. Erschrocken fuhren die beiden auseinander und blickten sich an. Dann fingen sie zusammen mit den beiden anderen an, aus vollem Halse zu lachen.

Nach dem Film verabschiedeten sich Christoph, Mischa und Carolin von ihrer Gastgeberin, da sie am nächsten Morgen recht früh losfahren wollten. „Macht's gut, ihr drei. – Und verschlaf' nicht wieder, Chris", sagte Jessica zum Abschied und schloss die Tür hinter ihnen.

„Zu Befehl, schöne Frau", hörte sie seine Antwort noch durch die Wohnungstür und ein Lächeln huschte über ihr Gesicht.

Am Ende einer achtstündigen Autofahrt erreichten die vier Freunde ihr Ziel in Österreich, ein kleiner, idyllischer Ort in den Bergen. Das Wetter war herrlich; der August lief noch einmal zur Höchstform auf. Die Sonne schien von einem strahlend, blauen Himmel und die jungen Leute waren froh, endlich aus dem heißen Auto rauszukommen. Etwas erschöpft, aber gut gelaunt, nahmen sie ihre Taschen und Koffer aus dem Kofferraum, betraten ihr Feriendomizil und bezogen ihre Zimmer.

„Toll ist das hier", seufzte Mischa mit einem Blick auf die Terrasse.

„He, habt ihr gesehen, dass es am Ende des Weges

ein Schwimmbad gibt?", fragte Christoph, der nochmal kurz am Auto gewesen war, um ein paar CD's zu holen.

„Das stand doch im Prospekt, du Dödel", lachte Mischa, „hast du das denn nicht gelesen?"

„Wieso denn? Ihr habt doch gesagt, dass es genau das Richtige ist. Da muss ich mir doch nicht die Mühe machen", antwortete der Freund schlagfertig und grinste.

„Du bist nicht mehr zu retten, Chris", stellte Carolin fest, die in der Tür ihres Zimmers lehnte und die beiden Jungen beobachtete.

„Hey, was haltet ihr von einem Bummel durch den Ort? Dann können wir gleich nach einem Restaurant Ausschau halten. Und wo es uns gefällt, essen wir einfach etwas. Ich hab' nämlich ehrlich gesagt keinen Bock, heute Abend noch einkaufen und kochen zu müssen."

Jessicas Idee wurde erfreut angenommen. Auch die Freunde hatten wenig Lust aufs Einkaufen. Also schnappten sie sich die beiden Wohnungsschlüssel und gingen hinaus in den lauen Sommerabend. Arm in Arm schlenderte das Kleeblatt durch die Straßen des verschlafenen Nests, bis sie die Ortsmitte erreichten, in der es einige Geschäfte, eine Bank und zwei Restaurants gab. Neugierig betrachteten sie den Aushang der Speisekarten.

„Worauf habt ihr Lust? Italienische oder österreichische Küche?", fragte Mischa die Freunde.

„Österreichisch", antworteten drei Stimmen im

Chor.

„Also dann, auf zur Linzer Stube."

Nach dem Essen gingen sie noch eine Runde spazieren, doch als Carolin einen Migräneanfall bekam, hielt Jessica es für besser, zur Wohnung zurückzugehen. „Jessy, lass' mal. Ich muss mich einfach nur hinlegen. Geht ihr ruhig noch eine Runde und schaut euch den Rest des Ortes an. Ich werfe mir eine Migränetablette ein und bis ihr nach Hause kommt, bin ich bestimmt wieder fit."

Mischa sah seine Schwester besorgt an. „Du glaubst doch nicht, dass ich dich den ganzen Weg alleine laufen lasse. Ich bringe dich natürlich nach Hause, kleine Schwester. – Hast du den zweiten Schlüssel, Chris?"

Christoph klopfte auf seine Hosentasche. „Hab' ich. – Komm', Jessy, wir schauen mal, was der Ort sonst noch so zu bieten hat."

„Soll ich nicht besser mitkommen, Caro?", fragte das Mädchen mit einem Blick auf die beste Freundin.

„Ach quatsch. Mischa ist doch da."

Also machten sich Mischa und seine Schwester auf den Weg zurück zur Ferienwohnung, während die zwei anderen in die entgegengesetzte Richtung gingen. Inzwischen wurde es bereits dunkel. Jessica drehte sich noch einmal um und Chris legte ihr den Arm um die Schulter. „Die wird schon wieder. Spätestens morgen früh ist sie wieder fit und rennt uns allen davon den Berg rauf."

„Du hast ja Recht. Vielleicht mache ich mir zu viele Sorgen."

Der Junge drückte sanft ihre Schulter. „Genauso kenne ich dich, Jessica Brown. Immer um die anderen besorgt. Nur vergisst du dabei manchmal dich selbst."

Jessica blickte ihn fragend an. „Wie meinst du das?"

„Ach nichts." Er blickte sie nachdenklich an und strich ihr eine Strähne aus dem Gesicht. Als er ihre Wange berührte, durchzuckte sie wieder dieses Kribbeln, schon zum zweiten Mal in den letzten beiden Tagen. Was war nur plötzlich los? Sie kannte Christoph schon seit einigen Monaten, sie waren die besten Freunde und plötzlich war da so ein merkwürdiges Gefühl in seiner Nähe. Ob er das wohl auch spürte? Verzweifelt versuchte sie, ihre Gefühle unter Kontrolle zu bringen, bevor sie sich vollkommen blamierte.

Christoph bemerkte, dass plötzlich etwas anders war. Sie wirkte distanziert, nicht mehr so vertraut, wie vorher. Verdammt, hätte er doch besser seine Klappe gehalten. Sie war ihm zu wichtig geworden in der letzten Zeit, als dass er es sich mit ihr verderben wollte. So oft hatte er sie schon im Arm gehalten, mit ihr herumgealbert oder sie berührt, und es war immer in Ordnung gewesen. Doch als er gestern Abend versehentlich ihre Hand berührt hatte, hatte es plötzlich eingeschlagen. Er verstand es selber nicht, aber mit einem Mal betrachtete er sie mit anderen Augen als zuvor und er hatte Angst davor, er könnte es sich mit ihr verscherzen, falls sie nicht auch mehr für ihn fühlen sollte als Freundschaft. Die letzte Nacht hatte er lange wachgelegen und über das Gefühl, das ihn durchzuckt hatte, nachgedacht. Kurz entschlossen nahm er ihre Hand, zog sie auf eine Bank, an der sie gerade vorbeikamen, und drückte sie sanft auf die Sitzfläche. „Ich muss mit dir reden, Jessy."

Das Mädchen blickte ihn erstaunt an. Hatte sie etwas angestellt? „Was ist denn los?", fragte sie schließlich, als nichts passierte.

Christoph blickte ihr in die Augen, fand aber keine Worte, um ihr zu erklären, was er ihr eigentlich sagen wollte. Wie erklärte man einer guten Freundin, dass man sich plötzlich Hals über Kopf in sie verknallt hat? Doch dann nahm er einfach ihren Kopf in die Hände und zog sie sanft zu sich heran. Ganz vorsichtig legte er seine Lippen auf ihren Mund und zu seiner Überraschung ließ sie sich einfach fallen, erwiderte seinen Kuss und legte ihre Arme um ihn. Er schloss die Augen und genoss den kurzen Augenblick des Glücks. Schließlich ließ er sie wieder los und grinste verlegen. Jessica blickte ihm in Augen, dann verzog sich ihr Gesicht zu einem Lächeln. „Das nennst du also reden?"

„Ich wusste nicht, wie…", versuchte es Christoph, wusste aber wieder nicht weiter.

Das Mädchen griff seine Hand: „…wie du mir sagen sollst, dass du dich verknallt hast?" Er nickte, leicht errötend. „Nicht nötig, ich glaube, ich hab' es auch so kapiert."

„Ist das schlimm?", fragte er vorsichtig.

Jessica blickte ihn eine Weile nachdenklich an. Aus einem nahe gelegenen Tanzclub drang leise Musik zu ihnen herüber. Statt einer Antwort stand sie auf und zog ihn mit sich hoch. „Tanz' mit mir", forderte sie ihn einfach auf. Zögernd ergriff er mit der linken ihre rechte Hand, winkelte ihre Arme zwischen ihren Oberkörpern an und legte seine rechte Hand sanft um ihre Hüfte. Langsam fing er an, sich zur Musik zu bewegen. Jessica schloss die Augen, legte ihren Kopf auf seine Schulter und ließ sich von ihm führen. Ein Pärchen, das gerade vorbeilief, kicherte amüsiert, doch die beiden störte das nicht. Eng umschlungen tanzten sie einfach weiter, bis der D.J. scheinbar eine Pause einlegte und die Musik verstummte.

Christoph hielt immer noch ihre Hand fest. In stummem Einvernehmen gingen sie zurück zur Wohnung. Sie benötigten auch keine Worte, als sie an der Eingangstür die Hände voneinander lösten und leise in die Wohnung traten. Mischa blickte von der Couch auf, auf der er es sich mit einem Buch bequem gemacht hatte. „Na, auch wieder da? Habt ihr noch etwas Interessantes herausgefunden?"

Christoph warf Jessica einen Blick zu und grinste. „Doch, schon. Haben wir."

Mischa blickte von einem zum anderen. „Ja und?"

„Unser Urlaubsort hat seine gewissen Reize",

sagte Christoph schnell, während Jessica versuchte, sich das Lachen zu verkneifen.

„Ich schau' mal nach Caro", presste sie kichernd hervor und verschwand in ihrem Zimmer.

„Hab' ich irgendetwas verpasst?"

„Noch nicht, nein", gab Christoph zur Antwort und verschwand ebenfalls in seinem Schlafzimmer. Verwirrt blickte Mischa auf die Tür, die hinter ihm ins Schloss fiel. Christoph hatte zwar zum Abendessen ausnahmsweise ein Glas Wein getrunken, aber normalerweise reichte das noch lange nicht, um ihn so aus der Bahn zu werfen, obwohl er nicht oft etwas trank. Der Junge widmete sich wieder seinem Buch; morgen würde sein Freund bestimmt wieder normal sein.

Am nächsten Morgen nach dem Frühstück machten sich die vier jungen Leute auf zu ihrer ersten Wanderung. Mit Rucksäcken, Getränken und festem Schuhwerk ausgestattet begaben sie sich auf den Aufstieg des nahe gelegenen Berges. Die Wege waren zwar recht steil, aber gut befestigt und während sie Meter um Meter erklommen, sangen sie fröhliche Country-Lieder.

Als sie ein paar Stunden später auf einem Aussichts-Plateau ankamen, ließen sich die vier erschöpft ins weiche Gras fallen. „Will jemand etwas zu trinken?", fragte Carolin in die Runde und holte eine Flasche aus ihrem Rucksack. Mehrere Hände griffen danach und als sie schließlich alle ihren Durst gestillt hatten, schlossen sie die Augen und genossen für einen Moment einfach die Sonne, bevor sie schließlich die Aussicht bewunderten, die sich ihnen von hier oben bot. Mischa hatte einen Fotoapparat dabei und schoss einige Schnappschüsse. Gegen Mittag machten sie sich dann auf den Rückweg zur Ferienwohnung. Carolin hüpfte fröhlich voraus und Mischa fing an, seine Schwester ein wenig zu jagen. Lachend liefen sie um die Wette, während die beiden anderen ein wenig zurückblieben. Verstohlen ergriff Christoph Jessicas Hand und hielt sie für eine Weile zärtlich umschlossen, bevor er sie wieder losließ.

EIN FOLGENSCHWERER UNFALL

„Ich könnte jetzt echt eine Abkühlung gebrauchen", stöhnte Carolin nach einer kurzen Verschnaufpause in der Wohnung. „Hat jemand Lust auf eine Runde schwimmen?"

„Klar. Lass' mich nur meine Badesachen holen. Was ist mit euch, Jungs?"

Mischa und Christoph blickten sich gegenseitig an. „Wir sind dabei!" Zehn Minuten später betraten sie gemeinsam das Schwimmbad und verschwanden in den Umkleidekabinen. Kurz darauf sprangen die beiden Jungs bereits in die Fluten. Carolin und Jessica betraten nur wenig später die Schwimmhalle. Als wenn er sie noch nie zuvor gesehen hätte, starrte Christoph auf Jessica, die neben Carolin lief. Überrascht blickte Mischa von einem zum anderen. „Ist irgendwas?"

„Sehen sie nicht umwerfend aus", schwärmte Christoph grinsend, um seinen Blick in Jessicas Richtung zu überspielen.

Mischa lachte: „Du bist unverbesserlich. Die sehen doch aus wie immer." Sein Freund verkniff sich seine Antwort und tauchte unter Wasser, um wieder einen klaren Kopf zu bekommen. Als er wieder auftauchte, blickte er Jessica direkt in die Augen, die sich gerade ebenfalls ins kühle Nass geworfen hatte.

Carolin folgte nur Sekunden später und binnen weniger Minuten war die reinste Wasserschlacht im Gange.

Nach dem Abendessen setzten sich die vier Freude noch für ein Kartenspiel zusammen, bis es Zeit wurde, sich schlafen zu legen. Bald darauf lag Jessica in ihrem Bett und lauschte den gleichmäßigen Atemzügen ihrer Freundin. So schnell würde sie auch gerne ins Land der Träume entschwinden. Ihr war viel zu warm und sie konnte deshalb nicht einschlafen. Schließlich stand sie auf und ging – nur mit ihrem Shorty bekleidet – ins Wohnzimmer. Sie lief leise, um die anderen nicht zu wecken. Als sie die Terrassentür öffnete, wehte ihr eine frische Brise entgegen. Sie atmete tief durch und trat einige Meter in die kühle Abendluft hinaus.

„Kannst du auch nicht schlafen?"

Jessica blickte weiterhin in die Nacht hinaus. „Nein, irgendwie ist es im Zimmer viel zu warm. Die Sonne hat es den ganzen Tag aufgeheizt. Und du?"

Christoph trat ein paar Schritte näher. „Mein Zimmer ist eigentlich ganz angenehm. Aber es gibt einen anderen Grund, warum ich nicht schlafen kann."

„Und der wäre?"

Der Junge drehte sie langsam zu sich um. „Du", sagte er einfach und schloss sie in seine Arme. Sanft strich er ihr über den Kopf und das Gesicht, bevor er sie zärtlich küsste. Jessica spürte seinen nackten Oberkörper auf ihrer Haut und eine Gänsehaut durchfuhr ihren Körper. Vorsichtig hob sie ihre Hand und strich ihm sanft über die glatte Brust. Seine Muskeln schienen zu zittern, als sie ihn berührte und er spürte deutlich das Verlangen, das ihn ergriff. Zärtlich ergriff er ihre Hand und hielt sie fest. „Das solltest du besser lassen", flüsterte er leise, „sonst weiß ich nicht, wo das enden wird."

„Wäre das so schlimm?", fragte sie lächelnd und gab ihm einen Kuss auf die Nasenspitze.

„Schlimm vielleicht nicht, aber ich möchte nicht, dass wir eine vorschnelle Entscheidung treffen. Es ist alles noch so frisch. Wir sollten nichts überstürzen."

Jessica blickte ihn liebevoll an und gab ihm erneut einen Kuss, der ihn in Wallung brachte. Entschlossen schob er sie von sich weg. „Lass' uns Zeit", sagte er leise und schloss sie in die Arme. Das Mädchen wusste selber nicht, was sie geritten hatte. Das Gefühl war einfach so über sie gekommen. Sie war ganz knapp davor, einfach weiter zu machen, und konnte es selbst nicht verstehen.

Nach einigen tiefen Atemzügen beruhigte sich ihr Herzschlag wieder ein wenig, der in den letzten Minuten rapide angestiegen war. „Wir sollten es ihnen sagen, Chris", flüsterte sie leise und Christoph nickte. Er hatte auch schon mit dem Gedanken gespielt.

Mischa und sein Freund gingen am nächsten Morgen schon früh in den kleinen Supermarkt, um für das Frühstück Brötchen und ein paar Lebensmittel fürs Abendessen zu besorgen. Carolin lag noch im Bett und Jessica stand unter der Dusche. Mischa hatte, bevor sie gingen, kurz an die Badezimmertür geklopft und der Freundin zugerufen, dass sie bald zurück wären, damit sie sich keine Sorgen machte, wohin die zwei plötzlich verschwunden waren.

Als sie etwas später aus dem Dorf zurückkamen, hatte Jessica bereits den Frühstückstisch gedeckt und ihre Freundin geweckt, die noch etwas verschlafen am Tisch saß. Jessica war gerade dabei, den Tee aufzugießen, während die beiden Jungen die Wohnküche betraten. Christoph trat an sie heran, drehte sie zu sich um und gab ihr einen zärtlichen Kuss. „Guten Morgen, Prinzessin."

Carolin glaubte, noch zu träumen, und rieb sich die Augen, während ihr Bruder sie fragend anblickte. „Ich habe irgendwie schon wieder das Gefühl, ich hätte etwas verpasst. Hab' ich das gerade richtig gesehen?", fragte er verdattert.

Jessica wurde rot und senkte verlegen den Blick, woraufhin Christoph den Arm um sie legte und lächelnd sagte: „Hast du, mein Freund. Das war zwar nicht geplant, aber irgendwie hat es gefunkt."

„Ich wusste doch, dass etwas anders war, als ihr am ersten Abend nach Hause gekommen seid", entfuhr es Mischa, dann trat er auf seinen Freund zu und umarmte ihn. „Ich freue mich für euch. Ihr seid ein schönes Paar."

„Danke", sagte Christoph mit einem verliebten

Blick auf seine neue Freundin.

Carolin war immer noch nicht ganz wach und stand auf der Leitung. „Was ist denn passiert?"

Mischa grinste: „Die Liebe, Caro. Die ist passiert."

In den nächsten Tagen machten die vier weitere Wanderungen und Ausflüge zu interessanten Orten und Sehenswürdigkeiten. Nachmittags gingen sie oft schwimmen und spielten anschließend Karten. Jessica und Christoph genossen es, sich nicht mehr heimlich berühren zu müssen; sie hielten Händchen und tauschten Blicke aus, doch sie vermieden es, in der Öffentlichkeit rumzuknutschen. Nachts saßen sie zusammen auf der Terrasse und genossen die Nähe des anderen. Jessica fühlte sich in seinen Armen geborgen und kuschelte sich eng an ihn, wenn es einmal kühl wurde.

Chris erhielt zwei Tage vor ihrer geplanten Abfahrt einen Anruf von seinen Eltern, die in Deutschland eine Autovermietung unterhielten und ihn baten, am nächsten Tag eines ihrer Fahrzeuge in Salzburg abzuholen und mit nach Hause zu bringen und beim Abendessen herrschte eine gedrückte Stimmung.

„Ich habe so gar keinen Bock auf Salzburg", stellte Christoph schließlich fest. „Viel lieber würde ich den letzten Tag mit euch verbringen und dann zusammen mit euch nach Hause fahren. Alleine ist es so langweilig im Auto."

„Wenn du willst, komme ich mit", schlug Jessica

vor.

„Das ist lieb von dir, Prinzessin und ich wäre auch keineswegs abgeneigt, dein Angebot anzunehmen, aber du kennst doch meine Eltern. Die mögen es nicht, wenn ich jemanden in einem ihrer Leihwagen mitnehme."

„Schade", sagte Jessica und Christoph zog ihren Kopf zu sich heran.

„Kopf hoch. Wir sehen uns doch bald wieder. Wenn du willst, komme ich übermorgen Abend bei dir vorbei, wenn ihr angekommen seid."

„Na, das ist doch ein Angebot, Jessy. Du solltest zugreifen", grinste Carolin und alle fingen an zu lachen.

„Sehen wir uns später noch?", flüsterte Christoph seiner Freundin zu, als diese das Kartenspiel zusammenpackte. Sie nickte und bald darauf waren alle in ihren Zimmern verschwunden.

Als Jessica später an diesem Abend in die dunkle Nacht hinaustrat, hatte es ganz schön abgekühlt; für Anfang September jedoch nicht verwunderlich. Christoph trat von hinten an sie heran und legte die Arme um ihre Brust. Sanft küsste er sie in den Nacken und spürte, wie sie leicht zitterte vor Kälte.

„Komm' mit", sagte er sanft und zog sie wieder in die Wohnung. In seinem Zimmer war es angenehm kühl, aber wärmer, als auf der Terrasse. Sanft schob er sie in den Raum und schloss die Tür hinter sich. Erneut trat er hinter sie, küsste ihr den Nacken und legte die Arme um sie. Seine Hände fuhren zärtlich über ihr Shirt und ertasteten die weichen Rundungen ihrer Brüste. Ganz langsam drehte er sie zu sich um und verschloss ihren Mund mit seinen Lippen, während sie die Augen schloss und einfach seine Berührungen genoss. Ihre Hand fuhr sanft über seinen Oberkörper, der wie immer unbedeckt war. Sie spürte die einzelnen Muskeln unter seiner Haut, während sie seinen Körper erforschte. Er ließ sich auf die Bettkante sinken und zog sie neben sich auf die Matratze, während er sie weiterhin mit Küssen überhäufte. Mit sanften Bewegungen glitten seine Finger unter ihr Oberteil, berührten sie dort, wo sie noch niemand berührt hatte und brachten sie dazu, mehr zu wollen. Doch gleichzeitig war da auch die Angst vor dem Unbekannten.

„Chris", flüsterte sie leise. „ich weiß nicht, ob ich das kann. Ich hab noch nie... ich meine... ich war noch nie mit einem Mann..."

Christoph war überrascht; das hatte er nicht erwartet. Sie kannten sich zwar schon einige Zeit und er meinte sich auch zu erinnern, dass Mischa ihm mal von ihrem Ex-Freund erzählt hatte, doch sie hatten sich nie über solche Sachen unterhalten. Es störte ihn nicht, dass sie noch Jungfrau war, doch ihm wurde klar, dass er behutsam sein musste und sie zu nichts drängen durfte, wofür sie vielleicht nicht bereit war. „Möchtest du es denn?", fragte er sanft und Jessica nickte zögernd.

„Du brauchst keine Angst zu haben. Ich werde ganz vorsichtig sein. Und ´ne Lümmeltüte habe ich auch." Grinsend griff er in die Schublade und zog eine Packung Kondome hervor.

„Hast du die immer im Gepäck?", fragte das Mädchen erstaunt.

„Nee, bisher war das nicht nötig. Aber nach unserem ersten Abend auf der Terrasse dachte ich, ich sollte besser vorbereitet sein. Nur für alle Fälle."

„Wie umsichtig", grinste sie und zog ihn zu sich heran, um ihn wieder zu küssen, während er seine Hände erneut unter ihr Shirt gleiten ließ, bevor er es ihr sanft über den Kopf zog.

Christoph gab sich alle Mühe, ihre erste Erfahrung zu einem wundervollen Erlebnis zu machen. Für Jessica wurde es eine Nacht der Liebe und Hingebung, die sie nicht missen wollte. Er hielt ihren nackten Körper noch immer umschlungen, als sie schließlich spät in der Nacht mit einem glücklichen Kribbeln im Bauch einschliefen.

Mischa, der keine Ahnung von den Geschehnissen der Nacht hatte, trat am nächsten Morgen in Christophs Zimmer, um ihn zu wecken, schloss aber die Tür sofort wieder, als er bemerkte, dass dieser nicht allein war. Mit einem Lächeln auf den Lippen begann er mit den Frühstücksvorbereitungen. Kurz darauf kam seine Schwester in die Küche. „Sag' mal, hast du Jessy gesehen?" Mischa deutete schweigend auf die verschlossene Tür ihres Freundes. „Du meinst, sie haben…?"

„Ich habe keine Ahnung, Schwesterchen. Ich war nicht dabei. Aber warum auch nicht? Sie sind beide erwachsene Menschen und sie lieben sich, da ist es doch ganz natürlich."

„Eigentlich hast du recht", gab sie zu.

„Natürlich habe ich Recht. Mach' dir nicht so viele Gedanken. Es geht uns nichts an."

Beim Frühstück erwähnte niemand die nächtlichen Vorkommnisse, obwohl es Jessica und Christoph durchaus bewusst war, dass ihre Freunde genau wussten, wo Jessica die Nacht verbracht hatte. Sie nahmen es stillschweigend hin und die beiden waren froh darüber.

Nach dem Frühstück brachten die Freunde Christoph zum Bahnhof, damit er den Zug nach Salzburg nehmen konnte. Seinen Koffer würden die Freunde mitnehmen und ihn am nächsten Tag bei ihm vorbeibringen, wenn sie zurückfuhren. Christoph nahm lediglich Papiere und Geld mit und den kleinen Plüschteddy, den ihm Jessica einige Tage zuvor auf einem Jahrmarkt erstanden hatte. Sie hatte ihm ein Taschentuch mit ihren Initialen als Halstuch umgebunden und Christoph ließ es sich nicht nehmen, das Kuscheltier bei sich zu behalten. „So habe ich wenigstens einen Teil von dir dabei, wenn ich so alleine auf der Autobahn entlangfahre", hatte er lachend vor der Abfahrt gesagt.

Jessica war auf dem Bahnhof ungewöhnlich still. Das ungute Gefühl in ihrem Bauch machte sie nervös. Und obwohl ihr Christoph versicherte, dass sie sich ja morgen Abend wiedersehen würden, konnte sie eine gewisse Unruhe nicht abschütteln. Als der Zug einfuhr, nahm sie ihn fest in die Arme und gab ihm einen letzten Kuss auf den Mund. Dann stieg der Junge in den Zug und öffnete eine Minute später das Fenster in seinem Abteil. „Ich liebe dich", rief er ihr zu, als sich das Gefährt in Bewegung setzte und aus dem Bahnhof rollte. Jessica lächelte ihm zu und blickte dem Zug nach.

„Du hast ihn ja bald wieder", lachte Mischa und legte den Arm um sie. Als der Zug um eine Kurve verschwand, machten sich die drei auf den Rückweg. Sie wollten noch eine kleine Wanderung machen, bevor sie am Nachmittag ihre Koffer packen mussten, damit sie morgen früh ebenfalls abreisen konnten.

Da ihnen der vierte Mann für ihr Kartenspiel fehlte, wollten sich die drei an diesem Abend vor den Fernseher setzen, um einen Film anzusehen. Carolin hatte es sich bereits auf der Couch bequem gemacht, während Jessica und Mischa noch das Geschirr spülten.

„He, ihr zwei. Es geht gleich los. Die Nachrichten fangen gerade an", rief ihnen das Mädchen zu, gerade als sie den letzten Teller in den Schrank stellten. Die zwei gingen zu ihr ins Wohnzimmer und setzten sich neben Carolin auf die Couch. In diesem Moment wurde ein Bericht über einen tödlichen Verkehrsunfall gesendet. Der Bildschirm zeigte zwei völlig ineinander verkeilte Fahrzeuge, die frontal aufeinandergeprallt waren. Daneben lag etwas unter einer Plastikplane und als Jessica realisierte, dass dort ein Mensch lag, wollte sie sich entsetzt abwenden. Dabei fiel ihr Blick jedoch auf einen Teddybären, der in der Nähe der Plane im Schlamm lag. Im selben Moment stürmte Mischa auf den Fernseher zu und schaltete das Gerät aus. Entsetzen zeichnete sich in seinem Gesicht ab. Und als er in die Gesichter der beiden Mädchen blickte, wusste er, sie hatten das Plüschtier ebenfalls bemerkt.

„Er… er muss es ja… nicht gewesen sein…", stotterte Mischa verzweifelt, während er versuchte, seine Tränen zurückzuhalten.

Jessica stand von der Couch auf. Sie sah aus, als wenn sie jemand hypnotisiert hätte. Ihre Augen füllten sich mit Tränen und starrten Mischa mit einem merkwürdig leeren Blick an. Mit erstaunlich fester Stimme erklärte sie: „Ich weiß, dass er es war." Und Mischa wusste es auch. Sie hatten von einem Deutschen gesprochen, der mit einem Leihwagen mit Frankfurter Kennzeichen unterwegs gewesen war. Und dann dieses Kuscheltier. Nicht einfach nur ein Teddy, sondern ein Teddy mit einem Halstuch in türkisblau, auf dem mit Sicherheit die Initialen J.B. gestanden hatten.

Im nächsten Moment veränderte sich Jessicas Verhalten jedoch schlagartig. Als wenn sie aus ihrer Trance erwachen würde, rannte sie plötzlich in Christophs Zimmer und schlug die Tür hinter sich zu. Mischa wollte ihr folgen, doch seine Schwester hielt ihn zurück: „Mischa", brachte sie flehend hervor und kam schwankend auf ihren Bruder zu. Schweigend nahmen sich die Geschwister in die Arme und ließen ihren Tränen freien Lauf.

Jessica hatte sich auf das Bett geworfen, in dem sie nur knapp vierundzwanzig Stunden vorher so glücklich gewesen war und weinte ihre Verzweiflung aus sich heraus, bis es einfach keine Tränen mehr gab, die sie hätte vergießen können. Die Verzweiflung wich einer unbändigen Wut. Wut auf Christophs Eltern, weil sie ihn gezwungen hatten, dieses verdammte Auto abzuholen, Wut auf den betrunkenen Autofahrer, der frontal in das Auto ihres Freundes gefahren war, wie sie dem Bericht entnommen hatten, und Wut über sich selber, dass sie nicht darauf bestanden hatte, ihn zu begleiten. Sie steigerte sich so dahinein, dass sie sogar auf Mischa losging, der einige Zeit später ins Zimmer kam, um nach ihr zu sehen. Sie schrie ihn an, wie ungerecht das doch war und warum er Chris nicht daran gehindert hätte, sie alleine zu lassen und trommelte schließlich mit den Fäusten auf seine Brust.

Mischa wusste, dass sie im Moment nicht sie selbst war. Er konnte ihre Wut verstehen, ihm ging es ja auch nicht anders, doch als sie auf ihn einschlug, ergriff er mit den Händen ihre Handgelenke, hielt sie fest und klemmte sie zwischen ihren Oberkörpern ein, als er sie in seine Arme zog. Er spürte, wie ihr Widerstand nachließ, genau wie ihre Beine. Mischa hob sie hoch und legte sie auf Christophs

Bett. Mit zitternden Fingern strich er ihr eine Strähne aus dem feuchten Gesicht.

„Ich habe ihn so geliebt, Mischa", sagte sie leise und er konnte die Verzweiflung aus jedem ihrer Worte hören.

„Ich weiß, Jessy. Ich habe ihn auch geliebt." Dann wandte er sich ab, weil die Tränen ihn erneut zu übermannen drohten. Dabei lief er direkt in die Arme seiner Schwester, die genauso verzweifelt und verängstigt dreinblickte, wie Jessy aussah und er sich fühlte. Sie führte ihn zurück zu Christophs Bett und sie setzten sich ans Fußende auf die Bettkannte. Jessica richtete sich ebenfalls auf und reichte ihnen die Hände. Fast die ganze Nacht saßen sie so da und hingen ihren eigenen Gedanken nach. Hier fühlten sie sich dem Freund nahe, vor allem Jessica, die an die letzte Nacht zurückdachte. Christoph war so liebevoll und vorsichtig gewesen. Sie spürte noch immer seine warmen, weichen Hände auf ihrem Körper, als sie die Augen schloss, die Hände, die ihr die Angst nahmen, die sie kurzzeitig hatte übermannen wollen. Die Hände, die sie nie wieder würde spüren können. Erneut liefen die Tränen in stummer Trauer aus ihren Augenwinkeln.

Mischa blickte mit verquollenen Augen in die Runde. Beide Mädchen hatten die Augen geschlossen, doch er wusste, dass sie genauso wenig schliefen, wie er es gekonnt hätte. Auf dem Bett unter ihren Köpfen hatten sich feuchte Stellen gebildet, die stetig größer wurden. Hin und wieder ging ein verzerrtes Lächeln über eines der beiden Gesichter. Er wusste, dass sie sich an etwas erinnerten, dass sie mit Chris erlebt hatten, etwas, das er gesagt oder getan hatte oder auch einfach das hübsche, gleichmäßige Gesicht. Auch Mischa hatte es versucht, aber immer, wenn er die Augen schloss, sah er nur dieses Bild aus dem Fernseher vor sich: die Leiche seines langjährigen Freundes neben einem Knäuel aus Blech. Deshalb behielt er die Augen lieber offen.

Gegen vier Uhr morgens waren seine Tränen versiegt. Er fühlte sich ausgelaugt und erschöpft, aber auch ein wenig befreit. Vorsichtig löste er seine Hände von denen der Freundinnen und stand auf, um sich das Gesicht zu waschen. „Vielleicht sollten wir einfach die Rückfahrt antreten. Wir können hier nichts tun. Ich bringe schon mal die Koffer nach draußen. Und ihr solltet euch ein bisschen waschen."

Mischa klang zwar gefasst und abgebrüht, aber er funktionierte einfach nur. Wie eine Maschine setzte er einen Fuß von den anderen, ergriff die Autoschlüssel und fing an, ihre Sachen zum Auto zu tragen. Auf der Hinfahrt hatten sie sich mit dem Fahren abgewechselt. Da die beiden Mädchen jedoch immer wieder in Tränen ausbrachen, blieb Mischa nichts anderes übrig, als die gesamte Strecke alleine zurückzulegen. Dabei fühlte er sich genauso schlecht wie seine Freundinnen, auch wenn er es vielleicht ein bisschen besser verbergen konnte. Doch man merkte es allein schon daran, dass er viel langsamer fuhr, als er es normalerweise tat, und immer wieder Pausen einlegte, wenn er merkte, dass ihn die Traurigkeit zu übermannen drohte.

Niemand sprach auch nur ein Wort auf der zwölfstündigen Rückfahrt in den Taunus und alle waren froh, als sie sich in ihren Betten verkriechen und mit ihrer Trauer allein sein konnten.

NEUE BEKANNTSCHAFTEN

Seit dem Unfall war schon fast ein Jahr vergangen und trotzdem wollte keiner der Freunde verstehen, warum ein so wundervoller, junger Mann wie Christoph Schilling im Alter von zweiundzwanzig Jahren sterben musste. Jeder der drei hatte seinen eigenen Weg gefunden, mit der Trauer fertigzuwerden. Bei der Beerdigung war Mischa für die Mädchen eine große Stütze gewesen. Er trauerte lieber im Verborgenen, alleine in seinem Zimmer im Haus seiner Eltern oder auch in der gemeinsamen Wohnung mit Silvia, die das allerdings überhaupt nicht verstehen konnte. Immer wieder stritt er sich mit seiner Freundin und Jessicas Worte von damals kamen ihm immer öfter in den Sinn. Doch hatte er mit seiner Arbeit, der Trauer um Chris und seinen eigenen Problemen genug zu tun, um sich auch noch mit seiner Beziehung zu Silvia eingehender zu befassen.

Nach wie vor trafen sich die drei Freunde, um zu reden oder einfach einen Film zu schauen. Dabei redeten sie oft und viel über den Freund, was ihnen half, über den Verlust hinweg zu kommen. Irgendwann gingen sie sogar wieder tanzen, nachdem sie begriffen hatten, dass Chris bestimmt nicht gewollt hätte, dass sie an ihrer Trauer zerbrachen. Die regelmäßigen Ausflüge in die Country-Clubs gaben ihnen die Lebensfreude zurück, sodass sie alle einige Monate nach dem Unfall wieder ein beinahe normales Leben führen konnten.

Auch Jessica schaffte es, wieder das alte, fröhlich Mädchen zu werden, obwohl sie noch immer viel an ihre erste, große Liebe dachte. Auf der Arbeit war sie beliebt und zuverlässig und gab sich die größte Mühe, ihre Kunden adäquat zu bedienen. Vor kurzem hatte sie beschlossen, einen Volkshochschulkurs für Französisch zu belegen, um ihre Fremdsprachenkenntnisse ein wenig aufzufrischen. Da sie in einem kleinen Reisebüro arbeitete, konnte es nichts schaden, ab und zu einmal einen kleinen Auffrischungskurs zu absolvieren.

Beinahe kam sie in ihrer ersten Stunde zu spät und huschte gerade noch vor dem Lehrer in das Klassenzimmer. Zielstrebig schritt sie zu dem letzten freien Platz am Ende einer Hufeisenförmigen Sitzordnung, nickte ihrem Nachbar, einem recht muskulösen, jungen Mann mit rabenschwarzen Haaren, freundlich zu und packte ihre Bücher aus. Damit es der Lehrer einfacher hatte, musste jeder ein kleines Namensschild schreiben und vor sich auf den Tisch stellen.

Nach dem Unterricht ging Jessica zu ihrem Auto, das sie auf dem Parkplatz der Schule abgestellt hatte. Mit ihr strömte auch der Rest des Kurses auf den Parkplatz und wenig später fuhren die ersten bereits in die Dunkelheit davon. „Du bist Jessica, richtig?"

Jessica wirbelte erschrocken herum. Sie hatte gerade ihren Wagen aufschließen wollen und nicht damit gerechnet, angesprochen zu werden. „Entschuldige bitte, ich wollte dich nicht erschrecken."

„Schon okay. Ich habe nur nicht damit gerechnet. Ja, ich bin Jessica."

„Ich habe gesehen, wie du dein Namensschild geschrieben hast. Ein komischer Zufall."

„Zufall?", fragte das Mädchen. „Was ist ein Zufall?"

„Dein Name: Jessica Brown. – Ach, entschuldige. Ich bin Benjamin, Benjamin Schwarz. Brown und Schwarz. Ist doch lustig."

„Ja, schon", antwortete sie wenig überzeugt. Aber irgendwie wirkte Benjamin nett und deshalb war sie ihm auch nicht böse, dass er sie angesprochen hatte.

Benjamin schien ein wenig unsicher zu sein. Vielleicht quatschte er normalerweise keine Frauen an. Er räusperte sich und meinte dann: „Du, Jessica. Ich wollte noch 'ne Cola trinken gehen. Hast du nicht Lust, mitzukommen? Einfach nur so. Wir könnten uns über den Unterricht unterhalten." Er wirkte so unsicher, dass das Mädchen spontan zustimmte und sich mit ihm kurz darauf vor einer kleinen Bar traf. Benjamin öffnete ihr die Tür und zog ihr sogar den Stuhl zurecht, als sie sich setzte. Sie bestellten zwei Gläser Cola und Jessica fing an, Benjamin ein bisschen genauer zu betrachten. Er war etwas größer als sie, und fast doppelt so breit. Dennoch wirkte er nicht dick oder unförmig, sondern eher wie ein durchtrainierter Boxer oder etwas in der Art. Er trug ein paar Jeans und ein buntes Hemd, die tiefschwarzen, glatten Haare waren ordentlich gekämmt und sein Kinn glattrasiert. Er wirkte trotz der Statur sehr ordentlich.

Genauso, wie Jessica Benjamin unter die Lupe nahm, musterte auch er sie ausgiebig und ihm schien zu gefallen, was er da entdeckte. „Weißt du eigentlich, wie toll du aussiehst in diesen Sachen?", fragte er schließlich und Jessica senkte ein wenig verlegen den Kopf. Sofort lenkte er ein und sagte mit leichtem Stottern: „Tut mir leid. Ich wollte nicht aufdringlich wirken. Vergiss einfach, was ich gesagt habe. Okay? Wir wollten uns über den Kurs unterhalten. Also warum machst du ihn? Ich hatte das Gefühl, dass du das alles schon kannst."

Jessica war froh über die Wendung in ein unverfängliches Gespräch. Für mehr als eine lockere Freundschaft war sie sowieso noch nicht bereit. „Ich brauche das für meinen Job. Ich arbeite in einem Reisebüro und da ist es manchmal hilfreich, wenn man ein paar Sprachen spricht. Und ja, du hast Recht. Ich kann das mehr oder weniger schon. Ich mache den Kurs mehr zur Auffrischung und um nicht aus der Übung zu kommen."

„Super. Vielleicht kannst du mir dann ja hin und wieder mal helfen. Ich habe nämlich noch ein paar Defizite, bei denen ich Unterstützung gebrauchen könnte."

„Und warum machst du den Kurs? Brauchst du

das auch für deine Arbeit?"

Benjamin lachte amüsiert. „Nein, das wohl eher nicht. Ich arbeite auf dem Bau, da braucht man keine Fremdsprachen, obwohl es da viele gibt, die kaum Deutsch sprechen. Aber Französisch sprechen vermutlich noch weniger. Da braucht man nur eines: Kraft und Ausdauer. Mit Sprachen komme ich da nicht weiter. – Nein, ich mache den Kurs, weil ich schon immer mal davon geträumt habe, einmal nach Paris zu fahren. Und leider sprechen die da nun einmal Französisch. Dafür spare ich schon seit Jahren und in ein paar Monaten habe ich das Geld für die Reise zusammen. Deshalb der Kurs."

Jessica und Benjamin saßen noch fast eine Stunde zusammen in der Bar und unterhielten sich. Dabei stellte sie fest, dass er eigentlich ein netter Zeitgenosse war. Er machte gerne Witze, war höflich und zuvorkommend und nahm sie sogar hin und wieder auf den Arm.

Von da an trafen sie sich regelmäßig, um Vokabeln zu lernen oder gingen auch mal ins Kino. Jessica verstand sich gut mit dem jungen Mann und er brachte sie zum Lachen. Dennoch wusste sie von Anfang an, dass er nie in ihren engsten Freundeskreis eintreten würde, der Mischa, Carolin und Christoph vorbehalten war. Benjamin war nett, sie verbrachte gerne einmal Zeit mit ihm, aber sie spürte, dass sie ihm niemals so blind würde vertrauen können, wie ihren Freunden.

Irgendwann hatte sie das komische Gefühl, dass

Benjamin vielleicht mehr wollte als Freundschaft. Es war nicht so, dass er aufdringlich wurde oder irgendwelche Andeutungen machte, sondern mehr Kleinigkeiten, die auch als Zufälle abgetan werden konnten. Für Jessica war er allerdings nicht mehr als ein guter Kumpel – für eine feste Beziehung war er einfach nicht ihr Typ. Außerdem waren die Erinnerungen an Chris noch zu frisch. An eine neue Beziehung verschwendete sie keinen einzigen Gedanken – vor allem nicht mit Benjamin Schwarz.

Dennoch wurde sie das Gefühl nicht los, der junge Mann könnte sich Hoffnungen machen, würde von ihr mehr wollen, als eine harmlose Freundschaft. Daher achtete sie zukünftig darauf, nichts zu tun, was diesen Wunsch bestärken könnte und Benjamin verhielt sich ebenfalls zurückhaltend, sodass sie schließlich davon ausging, sich getäuscht zu haben.

"Möchtest du tanzen?"

"Ja, klar", Carolin lächelte dem jungen Amerikaner erfreut zu und stand von ihrem Stuhl auf. Es war wieder einmal Wochenende und sie war wie so oft mit ihrem Bruder und ihrer besten Freundin zum Tanzen nach Darmstadt in den Rainbow-Club gefahren. Ihre langen, blonden Haare, die ihr heute offen über der Brust hingen, warf sie mit einer Kopfbewegung keck über die Schulter. Der junge Mann nahm sie an die Hand und führte sie auf die Tanzfläche, wo sie anfingen, sich zu einem langsamen Lied zu bewegen.

„Das ist mal wieder typisch", stellte Jessica mit einem Grinsen fest.

„Was meinst du?", fragte Mischa, der neben ihr am Tisch saß. Seine Augen blickten traurig in die Runde und Jessica wusste nur zu gut, warum das so war. Sie betrachtete ihn einen Augenblick und ein Lächeln flog über ihre Lippen. Auf den ersten Blick war es kaum zu glauben, dass der kräftige junge Mann und das schmale, blonde Mädchen Geschwister waren. Aber andererseits war es eigentlich auch nicht verwunderlich, dass die beiden so verschieden waren, denn Carolin war nicht Mischas leibliche Schwester, sondern als Baby von Mischas Eltern adoptiert worden.

Dann erinnerte sich Jessica plötzlich an Mischas Frage und griff den verlorengegangenen Faden wieder auf: „Ach, ich meine nur, dass Carolin wieder einmal mehr auf der Tanzfläche als bei uns zu finden ist. Es ist schon bewundernswert, dass die meisten Jungen ausflippen, wenn sie ein großes, schlankes Mädchen sehen, das noch dazu lange blonde Haare hat. Irgendwie scheinen solche Mädchen eine besondere Anziehungskraft auf die männliche Bevölkerung auszuüben."

„Nicht alle Jungen stehen auf blond!", stellte Mischa zweideutig fest.

„Wie meinst du das?"

„Ach, nur so", wich er geschickt aus. „Bist du eifersüchtig auf Caro?"

„Nee, das ist es nicht. Ich freue mich ja, dass sie so

extrem beliebt ist. Ich wünschte nur..., dass irgendwann einmal einer dabei ist, für den eben nicht nur ihr Aussehen wichtig ist und der nicht nur auf einen Flirt mit deiner hübschen Schwester aus ist."

„Ja, da hast du allerdings Recht Sie scheint irgendwie immer an die Falschen zu geraten", stimmte Mischa zu.

Jessica strich sich ihre langen Haare aus dem Gesicht und beobachtete, wie ihre Freundin immer noch über die Tanzfläche wirbelte. Nachdenklich folgte sie dem Gesang der Band. Sie liebte die Country-Musik über alles. In ihr spiegelten sich die Sehnsucht und die Träume des Lebens wieder. Es lag so etwas Romantisches in diesen Tönen, das Jessica um keinen Preis missen wollte.

In diesem Moment fing ein langsames, trauriges Lied an und Jessica bemerkte, wie Mischas Gedanken auf Wanderschaft gingen. Sie blickte in seine braunen Augen, die traurig auf die Bühne starrten. Für Jessica hatten diese Augen schon immer etwas Geheimnisvolles an sich. Sie erinnerten sie an einen unendlich tiefen See mitten im Wald, auf dessen Grund sich noch so manche Überraschung verborgen hielt. Aber zurzeit hatte sie das Gefühl, dass kein Sonnenstrahl durch die Bäume drang und kein Stern in einer klaren Nacht auf der Wasseroberfläche glitzerte. Dieser See lag traurig und verlassen mitten zwischen den Bäumen.

Jessica merkte, dass ihre Phantasie wieder einmal

mit ihr durchging und dachte daran, dass sie besser versuchen sollte, Mischa von seinen trüben Gedanken abzulenken. In seiner Beziehung zu der eleganten Silvia hatte es schon länger gekriselt, auch wenn Mischa das anfangs nicht wirklich wahrhaben wollte. Dann hatte sich diese Hals über Kopf in jemanden anderen verliebt und Mischa vor einer Woche buchstäblich vor die Tür gesetzt. Seitdem wohnte er wieder im Haus seiner Eltern, zusammen mit seiner Schwester Carolin, die sich rührend um ihn kümmerte. Mischa hatte die Trennung sehr mitgenommen, vor allem, dass ihn seine Freundin einfach so mir nichts dir nichts fallen gelassen und gegen einen anderen ausgetauscht hatte. Aber er versuchte, sich nichts anmerken zu lassen.

Bei den meisten Menschen gelang ihm das auch, aber Jessica kannte ihn einfach zu gut. Sie brauchte ihm nur in die Augen zu sehen, um zu wissen, wie es in seinem Herzen wirklich aussah und sie konnte ihn nur allzu gut verstehen, denn auch sie trauerte noch immer über den Verlust ihres Freundes, auch wenn die Umstände damals völlig andere gewesen waren.

Kurz entschlossen fragte sie Mischa, ob er mit ihr tanzen wollte und zu ihrem Erstaunen stimmte er ohne Zögern zu. Die beiden gingen auf die Tanzfläche und tanzten zwei Lieder lang miteinander. Mischa schien seinen Kummer zu verdrängen und lächelte Jessica dankbar an.

Als die beiden zurück an ihren Tisch gingen, saß

auch Carolin wieder auf ihrem Platz. „He, Caro – besuchst du uns auch mal wieder?"

„Ja, klar. Du, Jessy, siehst du den Ami da hinten an der Bar?"

„Der, der dich schon den ganzen Abend über beobachtet?", lächelte Jessica vielsagend.

„Bist du sicher, dass er das macht?"

„Natürlich! Er hat dich sogar beim Tanzen beobachtet. Na ja, was soll's? Er sieht doch nett aus!"

„Jessica!", tadelte Carolin ihre Freundin, „du weißt genau, wie ich über Amis denke."

„Ja, ja, ich weiß. – Sag' mal, was wolltest du mir eigentlich erzählen?" Jessica war nun doch neugierig geworden, weil ihr Freundin irgendwie total aufgeregt wirkte.

„Ach ja – hast du ihn vorhin tanzen sehen?"

„Nein, wieso?", fragte Jessica verwirrt.

„Du musst unbedingt mal auf ihn achten. Der kann total gut tanzen", schwärmte die Freundin. „Und erst die Drehungen, die der drauf hat. Das würde ich auch gerne mal lernen."

„Frag' ihn doch, ob er es dir beibringt", forderte Jessica die Freundin auf und Mischa nickte ebenfalls zustimmend.

„Ach Jessy! Mit meinem chaotischen Englisch hätte ich doch schon Probleme, ihm überhaupt klarzumachen, was ich eigentlich von ihm will. Vermutlich versteht er mich dann vollkommen miss."

„Jetzt hör' schon auf, Schwesterherz", unterbrach

Mischa seine Schwester. „Du sprichst so gut Englisch wie jeder andere Deutsche hier im Club, wenn wir mal von Jessica absehen. Aber sie ist ja auch halbe Amerikanerin."

Jessica lächelte über Mischas Bemerkung und nickte ihrer Freundin aufmunternd zu. „Dein Bruder hat Recht, Caro. Du musst dich einfach nur trauen. Der Rest geht dann wie von selbst."

„Na ja, vielleicht später", gab sich Carolin geschlagen. Gegen Jessica und ihren Bruder kam sie nun einmal nicht an.

Einige Zeit später war Carolins Wunsch-Tanzpartner jedoch verschwunden und tauchte auch nicht wieder auf. Vermutlich war er nach Hause gefahren, denn Mitternacht war schon lange vorbei und die Band lag in den letzten Zügen, bevor sie einpacken und der Diskjockey für die weitere musikalische Unterhaltung sorgen würde. Die drei Freunde machten sich auch bald darauf auf den Weg nach Hause. Sie waren müde, freuten sich aber jetzt schon auf das nächste gemeinsame Wochenende.

In der letzten Woche war Benjamin nicht zum Französisch-Kurs erschienen und Jessica hatte auch sonst nichts von ihm gehört. Das verwunderte sie irgendwie, beunruhigte sie jedoch keinesfalls. Bei ihren letzten Treffen war Benjamin sowieso irgendwie anders gewesen, auch wenn sie nicht genau sagen konnte, was sie gestört hatte. Als Jessica jedoch am Montagabend auf den Parkplatz der

Volkshochschule einbog, lehnte Benjamin lässig an seinem Motorrad und schien auf sie gewartet zu haben. Über die Schulter hatte er eine Lederjacke geworfen und er sah irgendwie anders aus als sonst, nicht so souverän.

„Hallo Benjamin. Wie geht's?"

„Super, und dir?"

„Och, auch ganz gut. Wo warst du denn letzte Woche?"

„Ich hatte keine Zeit. Weißt du, ich hatte unheimlich viel zu tun und heute ist ja sowieso schon die letzte Stunde. Da dachte ich, ich werde schon nicht allzu viel verpassen. Außerdem hatte ich eh keine Lust zu kommen."

Jessica blickte erstaunt in Benjamins Gesicht. Bisher hatte er den Sprachkurs ziemlich ernst genommen und sogar schon davon gesprochen, einen weiteren Kurs zu belegen. Und jetzt machte er irgendwie den Eindruck, als wenn ihm der Unterricht völlig egal wäre. Aber vielleicht hatte er auch einfach einen schlechten Tag erwischt.

Während die beiden die Stufen zum Gebäude hinaufgingen, wandte sich Benjamin zu ihr um: „He, Jessica. Hast du Lust, morgen Abend mit ins Kino zu kommen?"

„Ja, klar. Ich hab noch nichts vor."

„Okay, dann hole ich dich um sieben mit meiner Maschine ab."

„Können wir nicht lieber mit meinem Auto fahren?", warf Jessica vorsichtig ein.

„Ach, hab' dich nicht so. Dir wird schon nichts passieren."

„Na gut", gab sich das Mädchen geschlagen und öffnete die Tür zum Unterrichtsraum. Während der Französischstunde war Jessica nicht so konzentriert, wie sie es hätte sein sollen. Sie dachte über Benjamin nach. Irgendwie war er heute so anders. – Oder hatte sie sich vielleicht auch nur getäuscht?

Am nächsten Abend wartete Jessica darauf, dass Benjamin sie zum Kino abholte. Es war bereits zwanzig nach sieben, aber von ihm fehlte jede Spur. Gegen halb acht klingelte es an der Haustür und Jessica lief die Treppe hinunter, wo Benjamin gegen seine Maschine gelehnt auf sie wartete. Sein Motorrad war rabenschwarz und hatte bunte Streifen auf der Seite, die wie ein Feuerschweif aussahen.

Skeptisch und ein bisschen ängstlich blickte Jessica auf das dunkle Ungetüm, während Benjamin ihr einen Helm in die Hand drückte. „Na komm' schon!" Er schwang sich auf die Maschine und startete den Motor. Zögernd nahm Jessica auf dem Sitz hinter ihm Platz und hielt sich an Benjamins Hüften fest. Kaum hatte sie sich hingesetzt, gab dieser Gas, sodass sie beinahe von der Maschine gepurzelt wäre.

„He, was tust du?"

„Ich hab' doch nur ein bisschen Spaß", lachte Benjamin und beschleunigte das Fahrzeug immer weiter. Unter Spaß stellte sich Jessica eigentlich etwas anderes vor. Viel zu schnell für ihren Geschmack raste er durch die Straßen des kleinen Ortes und Jessica hielt es für besser, die Augen zu schließen, um die Übelkeit zu beherrschen, die sich in ihrem Magen breit machte. Sehnsüchtig wartete sie auf den Moment, an dem sie endlich am Kino anhalten würden.

Irgendwann kam die Maschine zum Stehen und Jessica öffnete aufatmend die Augen. Als sie sich umblickte, fand sie sich auf einem alten Schrottplatz wieder und blickte Benjamin fragend an. „Wo sind wir?"

„Siehst du das nicht?"

„Na klar sehe ich das – aber was tun wir hier? Wir wollten doch ins Kino." Jessica fühlte sich immer unwohler in ihrer Haut.

„Ein Kumpel von mir gibt hier heute Abend eine Party. Das macht doch viel mehr Spaß als langweiliges Kino." Benjamin zog seinen Helm ab und hängte ihn ans Lenkrad.

Nur zögernd folgte Jessica seinem Beispiel. „Aber fragen hättest du mich wenigstens können."

„Hab' ich das nicht?", lachte Benjamin und zog sie hinter sich her zu einem Gebäude, aus dem ihnen laute Musik entgegen dröhnte, während Jessica ihn verständnislos anblickte. Als die beiden eintraten, erblickte sie etwa zwanzig bis dreißig junge Männer und Frauen in Lederjacken und zerrissenen Jeans. Die meisten von ihnen hatten Bierflaschen in den Händen.

‚*Wo sind wir hier nur gelandet?*', dachte Jessica, hielt

es aber für besser, den Mund zu halten. Sie wollte nicht als Spielverderberin abgestempelt werden. Ihre Begleitung lief sofort auf ein paar Jungen zu und ließ Jessica einfach in der Tür stehen. Sie blickte sich vorsichtig um und bemerkte, wie einige der jungen Männer sie neugierig anstarrten und von oben bis unten mit lüsternen Blicken musterten. Verdammt, warum hatte sie ausgerechnet heute einen Minirock angezogen? Sie fühlte sich wie auf dem Präsentierteller und hielt es daher für besser, Benjamin zu folgen.

„Wie lange bist du denn mit deiner Tussi schon zusammen?", fragte gerade einer der Jungen, als Jessica auf die Gruppe zukam.

„Ach, noch nicht so lange", antwortete Benjamin, ohne mit der Wimper zu zucken.

„Benjamin! Kann ich dich kurz mal sprechen?" Ohne eine Antwort abzuwarten, zog sie ihn von der Gruppe weg. „Sag' mal, wie kommst du eigentlich dazu, mich als *deine Tussi* zu bezeichnen? Ich bin es nicht und ich werde es auch nie sein! Geht das in deinen Schädel rein?" Langsam wurde sie wütend.

Benjamin schien ein wenig verdattert über Jessicas plötzlichen Wutausbruch. „Mein Gott, was ist denn schon dabei? Reg' dich wieder ab!"

Jessica überhörte seine Aufforderung. „Ich möchte nach Hause. Bringst du mich bitte zurück?"

„Jetzt schon? Wir sind doch eben erst gekommen. Ich schätze, du musst entweder laufen oder dich noch ein wenig gedulden." Mit diesen Worten ließ er sie erneut stehen und ging zurück zu seinen Freunden, während Jessica ihm wütend und enttäuscht nachblickte und das Gefühl hatte, explodieren zu müssen.

VERÄNDERUNGEN

Jessica verbrachte den restlichen Abend im Freien, da sie keine Lust hatte, wieder in diesen verrauchten Raum zu gehen, und ihr die anwesenden Personen irgendwie unheimlich waren. Daher setzte sie sich in der Nähe des Eingangs auf einen alten Holzklotz und dachte nach, während sie darauf wartete, dass Benjamin ebenfalls nach Hause fahren wollte. Für einen Fußmarsch war die Entfernung zu ihrer Wohnung zu groß, sodass sie keinerlei Lust verspürte, mitten in der Nacht diese große Entfernung hinter sich zu bringen. Außerdem hatte sie nicht die geringste Ahnung, wo genau sie sich überhaupt befand, da sie ja die Augen geschlossen gehabt hatte, als sie durch die Straßen gedüst waren.

Zweieinhalb Stunden später bemerkte sie endlich ihre Begleitung, die vom Gebäude her auf sie zukam. In der Hand hielt Benjamin eine fast leere Bierflasche und seinem wankenden Gang konnte man entnehmen, dass dies sicherlich nicht seine erste gewesen war. Jessica erhob sich von ihrem provisorischen Sitzplatz. „Du hast getrunken", stellte sie missmutig fest.

„Natürlich habe ich das", lallte Benjamin, während er auf sie zu torkelte. „Sonst macht so eine Party doch überhaupt keinen Spaß. Hier, probier' doch mal. Ist guter Stoff." Er hielt Jessica die Flasche entgegen, aber das Mädchen schüttelte energisch den Kopf.

„Ich trinke nicht!"

„Och – das ist aber schade. Komm' her, Süße. Dann gib mir wenigstens einen Kuss." Er versuchte, sie an sich zu ziehen, aber Jessica war schneller als er und ging zügig ein paar Schritte zurück, sodass er beinahe gestolpert wäre.

„Hast du es denn immer noch nicht kapiert?", fragte sie entrüstet. „Ich habe dir heute schon einmal gesagt, dass ich nicht deine Freundin bin und es auch nicht vorhabe, es zu werden. Schon gar nicht nach dem heutigen Abend. Du hast mich über zwei Stunden lang hier sitzen lassen und dann muss ich feststellen, dass du vollkommen betrunken bist. Du glaubst doch nicht etwa im Ernst, dass ich mich jetzt noch zu dir auf deine Höllenmaschine setze! Das ist ja schon lebensgefährlich, wenn du nüchtern bist!" Wütend drehte sich Jessica auf dem Absatz um und marschierte los. Benjamin hingegen blickte sie ein wenig verdattert an, lachte dann aber laut und durchdringend und torkelte wieder zurück zur Party.

Jessica lief durch die inzwischen tiefschwarze Nacht, bis sie an eine Telefonzelle kam, von der aus sie sich ein Taxi rief, das sie nach Hause brachte. Dort angekommen legte sie sich sofort ins Bett und schlief bald darauf ein.

Am nächsten Morgen hatte sie Mühe, aus dem Bett zu kommen und sich auf den Weg zur Arbeit zu machen, aber leider hatte sie keine andere Wahl. Im Laufe des Vormittages wurde sie dann auch ein wenig wacher und man sah ihr die kurze Nacht kaum noch an.

Gegen 15:00 Uhr trat ein junger Mann in das kleine Reisebüro ein und ging direkt auf Jessica zu. Diese blickte von ihrer Arbeit auf, in die sie gerade vertieft gewesen war. „Guten Tag. Was kann ich für Sie… - Benjamin? Was machst du denn hier?"

„Ich wollte mich für gestern Abend entschuldigen. Ich weiß auch nicht so recht, was eigentlich in mich gefahren ist. Ich hätte dich nicht einfach so draußen stehen lassen, sondern dich gleich nach Hause bringen sollen. Es tut mir leid. Habe ich viel Blödsinn gelabert, als ich nach draußen gekommen bin?"

„Vergessen wir es lieber, okay?"

„In Ordnung. Vielleicht ist es besser so. Ich wollte dir ein Versöhnungsangebot machen. Hast du Lust, mit mir nach der Arbeit ein Eis essen zu gehen?" Jessica zögerte einen Augenblick, stimmte dann aber doch zu. Er versprach, sie um vier Uhr abzuholen, da sie dann Feierabend hatte, und verschwand aus dem Reisebüro, um Jessica nicht länger von ihrer Arbeit abzuhalten. Wie versprochen holte er sie nach der Arbeit ab – diesmal zu Fuß – und zusammen verbrachten sie noch einen lustigen Nachmittag. Jessica hatte sogar das Gefühl, wieder fast den alten

Benjamin vor sich zu haben, obwohl da immer noch ein kleiner Unterschied vorhanden war. Aber vielleicht war das auch einfach nur Einbildung.

In der kommenden Woche sahen sie sich wieder öfter und verstanden sich auch gut. Allerdings entging es Jessica nicht, dass Benjamin immer noch versuchte, sich ihr zu nähern. Daher hielt sie es für besser, mit ihm zu reden, um ihm ein für alle Mal klar zu machen, dass sie lediglich an seiner Freundschaft interessiert war, und dass er es sich aus dem Kopf schlagen sollte, sie jemals als feste Freundin zu haben.

Dennoch ließ er sie nicht in Ruhe und veränderte sich immer mehr zu seinem Nachteil. Plötzlich passte es ihm nicht mehr, dass Jessica ihn Benjamin nannte. ‚*Das ist doch ein Kindername*', stellte er fest und sie solle ihn doch gefälligst Benno nennen, wie seine Freunde es taten. Jessica fand das zwar reichlich albern, tat ihm aber den Gefallen, da sie sich nicht wegen einer solchen Kleinigkeit mit ihm streiten wollte. Aber sie konnte es nicht verhindern, dass sie von Treffen zu Treffen ein unbehaglicheres Gefühl in der Magengegend verspürte.

Irgendwann wurden ihr die ständigen Annäherungsversuche dann doch zu bunt und sie erklärte Benno, dass sie es für besser hielt, wenn sie sich überhaupt nicht mehr träfen. Benno war allerdings von dieser Idee überhaupt nicht begeistert. Als sie gehen wollte, hielt er Jessica mit seinen muskelbepackten Armen fest und versuchte, sie zu küssen. Sie konnte sich jedoch aus seinem Griff befreien und einige Schritte zurücktreten.

„Bitte Benno. Ich sage es dir jetzt zum letzten Mal: Lass' mich in Ruhe! Verstanden?" Mit diesen Worten drehte sie sich um und ging einfach davon. Die Wut in Benno war so groß, dass er in diesem Moment kein Wort mehr herausbrachte, was Jessica Zeit verschaffte, zu verschwinden.

Während der nächsten Tage erhielt Jessica immer wieder Telefonanrufe von Benno, doch sie blieb stur, denn ihr war klar geworden, dass es den alten Benjamin nicht mehr geben würde, nur noch den neuen Benno, mit dem sie noch nicht einmal mehr befreundet sein wollte. Immer wieder versuchte sie, ihm klar zu machen, dass er sie in Ruhe lassen und ihre Telefonnummer am besten aus seinem Gedächtnis streichen sollte, hatte damit jedoch nur mäßigen Erfolg.

Am Wochenende ging Jessica wie so oft zusammen mit Caro und deren Bruder in den Rainbow-Club. Sie versuchte, Benno aus ihrem Kopf zu verbannen und hatte damit auch großen Erfolg. Mit ihren Freunden verbrachte sie einen fröhlichen Abend und tanzte auch einige Male mit Mischa oder einigen ihrer amerikanischen Bekannten, die sie von der Zeit her kannte, als sie mit ihren Eltern zusammen auf dem Militärgelände gewohnt hatte. Auch Mischa war wieder fast der alte, lustige

Zeitgenosse und fing an, die Trennung von Silvia zu verarbeiten.

„Sieh' mal, Jessy", flüsterte ihre Freundin Jessica gegen elf Uhr ins Ohr und sie drehte sich in die angegebene Richtung. „Der Junge von neulich ist wieder da."

„Der supertolle Tänzer?", grinste Jessica und kicherte.

„Ja, genau der", lachte Carolin und beobachtete, wie sich der junge Mann mit einem Mädchen über die Tanzfläche bewegte.

„Also ich glaube, heute Abend musst du ihn einfach mal fragen, ob er dir die Drehungen und so beibringt", mischte sich Mischa in die Unterhaltung der beiden Mädchen ein, der dieser bisher schweigend gefolgt war. „Wer weiß, wann er das nächste Mal hier auftaucht. Vielleicht kommt er nur alle paar Wochen mal vorbei. Nutze einfach die Chance, Schwesterchen."

„Nein, das kann ich einfach nicht". Danach war für Carolin das Thema erst einmal erledigt, aber Jessica und Mischa entging es nicht, dass sie den geheimnisvollen Tänzer ganz verträumt beobachtete, sobald er die Tanzfläche betrat und die Augen auch nicht von ihm abwandte, bevor er diese wieder verließ.

Gegen zwei Uhr morgens spielte die Band zum Abschluss einige langsame Lieder, bevor sie ihre Sachen einpacken wollte. Jessica und Carolin waren gerade in ein Gespräch vertieft, während Mischa nach einem Tanz mit einem gutaussehenden Mädchen und einem Umweg zur Bar in Richtung ihres Tisches schlenderte.

„Möchtest du tanzen?", fragte da eine Stimme auf Englisch. Die beiden Mädchen blickten auf und sahen in ein freundlich lächelndes Gesicht, das keinem anderen als dem geheimnisvollen Tänzer gehörte. Jessica drehte den Kopf zu Carolin um und nickte ihr aufmunternd zu. Diese stockte noch eine Sekunde, lächelte den jungen Mann dann aber freundlich an und sagte ebenfalls auf Englisch und mit leicht zittriger Stimme: „Ja, gerne."

Der Mann reichte ihr seine Hand und führte sie auf die Tanzfläche. In diesem Moment erreichte auch Mischa wieder den Tisch und blickte ein wenig verwundert hinter den beiden her.

„Habe ich mich gerade so sehr verguckt, oder war das Carolins supertoller Tänzer, mit dem sie da auf dem Weg zur Tanzfläche ist?", fragte er grinsend, während er die drei Cola-Gläser, die er eben an der Bar für sie besorgt hatte, auf den Tisch stellte.

„Ja, du hast richtig gesehen. Er kam eben zu uns an den Tisch und hat sie aufgefordert."

„Na also, dann kann sie ja endlich einmal mit ihm tanzen. Apropos tanzen – hast du auch Lust?"

„Ja klar."

Jessica und Mischa folgten den beiden anderen auf die Tanzfläche und tanzten die nächsten beiden Lieder lang zusammen. Als sie wieder zurück an den Tisch kamen, saß Carolin lächelnd auf ihrem Stuhl und wartete bereits sehnsüchtig auf die beiden, damit sie ihnen von ihrem Traumprinzen erzählen konnte. Wie sich herausgestellt hatte, war er gar kein Amerikaner, er sah nur ein bisschen wie einer aus. Sein Name sei Ralf, er sei zweiundzwanzig Jahre alt und wohnte gar nicht weit von ihnen entfernt, sprudelte es gleich aus Carolin heraus. Jessica lächelte über die Freundin, aber sie musste zugeben, dass Ralf sehr nett aussah und nach Carolins Erzählungen zu urteilen, schien er das auch zu sein, soweit man das nach einem Tanz beurteilen konnte.

Während der nächsten eineinhalb Stunden, die die drei noch im Club verbrachten, kam Ralf noch ein paar Mal zu ihnen, um mit Carolin zu tanzen. Scheinbar konnte er sie ebenso gut leiden, wie sie ihn.

Kurz bevor der Club schloss, machten sich die Freunde auf den Heimweg. Eigentlich wollten sie schon viel früher gehen, denn Carolin und ihr Bruder sollten am kommenden Morgen ihre Eltern zum Flughafen bringen, da diese für vier Wochen in die Karibik fliegen wollten. Aber nachdem Carolin und Ralf sich so gut verstanden, hatte Mischa beschlossen, doch noch ein bisschen länger zu bleiben. Sie würden es schon irgendwie schaffen. Er selber war sowieso ein Frühaufsteher und Carolin würde er schon irgendwie aus ihrem Bett bekommen.

Die drei Freunde waren selbst zu dieser fortgeschrittenen Stunde noch nicht wirklich müde und wären am liebsten noch länger geblieben, aber der Club würde in ein paar Minuten sowieso die Türen schließen. Gut gelaunt drehten sie im Auto die Musik an und sangen im Chor zu den schnellen Takten, während Jessica das Fahrzeug mit seinen jungen Insassen sicher nach Hause brachte, wo sie die beiden Freunde am Haus ihrer Eltern absetzte und dann zu ihrer eigenen kleinen Wohnung einige Straßen entfernt fuhr.

Mischa war am nächsten Morgen schon früh auf den Beinen, im Gegensatz zu seiner Schwester. Diese drehte sich kurz entschlossen auf die andere Seite und zog die Decke über den Kopf, als ihr Bruder ins Zimmer trat, um sie aufzuwecken.

„He, du Schlafmütze. Aufstehen! Wir müssen zum Flughafen."

„Jetzt schon? Wir sind doch gerade erst ins Bett gegangen."

Mischa lachte: „Nein, du Siebenschläfer. Das ist schon ein paar Stunden her."

Carolin stöhnte, rekelte sich dann aber doch aus ihrem Bett und verschwand im Badezimmer. Mischa hingegen ging in die Küche, um für die Familie Wagner Frühstück zu machen. Seine Mutter hatte scheinbar die gleiche Idee gehabt, denn sie stand bereits am Herd und machte Rührei fürs Frühstück.

„Hallo Mutti. Du bist schon fertig?"

„Ja, du weißt doch, wie nervös ich vorm Fliegen immer bin. Ich konnte einfach nicht mehr schlafen", gab sie zu.

Mischa blickte seine Mutter irritiert an. „Eigentlich müsstest du dich doch langsam mal daran gewöhnt haben. Wie oft wart ihr jetzt schon drüben?"

„Keine Ahnung. Ich habe aufgehört, zu zählen", grinste ihn die Frau an.

„Ich finde es übrigens toll, dass ihr endlich die Kreuzfahrt mit Jessicas Eltern macht. Das wird bestimmt ein tolles Erlebnis", vermutete Mischa.

„Solange wir nicht absaufen", warf die Mutter ein und blickte ein wenig besorgt.

„Hey, Mutti, du wirst doch nicht etwa Angst haben", lachte Mischa vergnügt.

Seine Mutter blickte ihn ein paar Minuten nachdenklich an. „Eigentlich nicht", gab sie schließlich zu. „Immerhin war ich schon als Kind in den Ferien mehr auf dem Meer als an Land zu finden."

„Das meine ich aber auch", warf in diesem Moment Mischas Vater ein, der gerade die Küche betreten hatte und dem Gespräch gefolgt war.

„Was mir allerdings Sorgen macht, ist die Tatsache, dass es an Bord kein Telefon gibt. Was, wenn irgendetwas passiert und die Kinder uns erreichen müssen?"

„Mutti, wir sind doch schon groß. Wir werden die paar Wochen auch so überstehen. Was soll denn schon groß passieren?"

Seine Mutter zuckte mit den Schultern. „Keine

Ahnung. Nur so ein Gefühl", antwortete sie, woraufhin Mischas Vater seine Frau in den Arm nahm und tröstend drückte. „Und außerdem haben die Kinder doch die Nummern der Hotels, in denen wir zwischendurch absteigen werden", versuchte er, sie zu beruhigen.

Die Frau blickte zwischen ihren beiden Männern hin und her. „Ihr habt ja Recht. Ich bin und bleibe halt eine Glucke."

„Und genau deshalb lieben wir dich", lachte Mischa und gab seiner Mutter einen Kuss auf die Wange und eine dicke Umarmung.

„Allgemeines Gruppenkuscheln?", fragte Carolin noch etwas verschlafen, als sie die Küche betrat.

Mischa grinste: „Mutti hat heute ihren Emotionalen."

„Weil sie uns alleine lässt?" Ihr Bruder nickte. „Hey, Mutti, dann können wir doch endlich mal so richtig abfeiern!", zog das Mädchen ihre Mutter auf, obwohl diese ihre Kinder gut genug kannte, um zu wissen, dass sie ihr Haus keineswegs in eine Partymeile verwandeln würden.

Dennoch blickte sie Mischa ernst an: „Du versprichst mir, dass du auf sie aufpasst, ja?"

„Natürlich", antwortete Mischa und zu seiner Schwester gewandt fügte er grinsend hinzu: „Hörst du: ich habe das Sagen!"

Gespielt beleidigt blickte ihn das Mädchen an: „Du bist ja auch der Ältere." Damit war das Thema erledigt.

Nachdem die Familie gefrühstückt und die Koffer im Auto verstaut hatte, machten sie sich mit dem Familienauto auf den Weg zum Flughafen. Während der vier Wochen, die die Eltern im Urlaub verbringen würden, würden ihr inzwischen dreiundzwanzigjähriger Sohn und ihre zwanzigjährige Tochter zu Hause das Haus hüten. Außerdem hatten beide sowieso keine Zeit für vier Wochen Urlaub. Mischa wurde in seinem Architekturbüro gebraucht und Carolin war in der Personalabteilung einer kleinen Firma in der Nähe ihres Wohnortes ebenfalls im Moment unabkömmlich. Die beiden brachten ihre Eltern am Frankfurter Flughafen zum richtigen Flugsteig und verabschiedeten sich von ihnen. Dann machten sie sich wieder auf den Weg nach Hause.

„Jetzt haben wir sturmfreie Bude", stellte Carolin im Auto fest. „Für vier Wochen! Was hältst du von einer Fete am Wochenende, Mischa?"

„Carolin!"

„Ja?", fragte diese unschuldig.

„Du spinnst!"

„Ich weiß", grinste seine Schwester, „aber Jessica könnten wir doch für heute Abend einladen, wenn sie Zeit hat."

„Gar keine schlechte Idee", musste Mischa seiner Schwester Recht geben. Die Abende zu dritt waren immer toll gewesen. Obwohl er zugeben musste, dass einer in der Gruppe fehlte: Christoph. Zu viert war es noch schöner gewesen. Und er hatte es auch immer verstanden, die anderen zum Lachen zu bringen, wenn es einem mal nicht so gut ging. Er war der beste Freund gewesen, den er je hatte. Aber Christoph war ja inzwischen schon seit fast einem Jahr tot – gestorben als unschuldiges Opfer eines schrecklichen Autounfalles.

„Mischa?", riss Carolin ihren Bruder aus seinen Gedanken. „Du denkst an Chris, nicht wahr?"

„Ja, er fehlt mir immer noch, obwohl es schon so lange her ist."

„Ich kann dich verstehen. Mir fehlt er auch."

„Weißt du eigentlich, ob Jessy inzwischen über seinen Tod hinweg ist? Ich komme bei diesem Thema nicht wirklich an sie heran."

Carolin überlegte eine Minute: „Ich weiß auch nicht so genau. Ich glaube, im Großen und Ganzen hat sie es inzwischen verkraftet, aber manchmal tut es ihr doch noch sehr weh. Sie hat ihn eben sehr lieb gehabt."

„Ja, leider."

„Wie meinst du das?", fragte Carolin irritiert.

„Ach, nichts weiter", wich Mischa aus, und Carolin blickte ihn verwundert an. Manchmal wurde sie aus ihrem Bruder einfach nicht so ganz schlau.

SCHOCKZUSTAND

Jessicas Magen krampfte sich zusammen, als sie die kalten Finger auf ihrem Oberarm spürte. Sie versuchte, sich zu bewegen, brachte es aber nicht einmal fertig, einen Arm zu heben. „Nein!", schrie sie verzweifelt und schlug die Augen auf. Es dauerte einige Sekunden, bis sie ihre Umgebung erkannte. Sie lag schweißgebadet in ihrem Bett und zitterte am ganzen Körper. Ihre langen Haare hingen ihr wirr vom Kopf und klebten an ihrer Stirn.

Das Mädchen strich sich eine Strähne aus dem Gesicht und zog ängstlich die Beine an ihren Körper, während sie in die hinterste Ecke ihres Bettes rutschte. Zitternd schaute sie sich in ihrem Schlafzimmer um. Ihr Blick wanderte von dem kiefernfarbenen Kleiderschrank über die Kommode mit dem kleinen Spiegel, bis hin zu ihrem Nachttisch, wo er an einem Foto in einem verschnörkelten Holzrahmen hängen blieb. Das Bild zeigte Jessica neben einem gutaussehenden, jungen Mann Anfang zwanzig und wurde vor knapp einem Jahr während des Sommerurlaubes in Österreich aufgenommen.

‚*Ich wünschte, du könntest hier sein, Chris*‘, dachte Jessica traurig, als sie mit liebevollem Blick das Foto betrachtete. Langsam beruhigte sie sich ein wenig und hörte auf zu zittern. Schließlich stand sie von ihrem Bett auf und ging ins Badezimmer.

Nachdem sie geduscht und ihre Haare gewaschen hatte, fühlte sie sich schon wieder ein bisschen besser. In ihren Bademantel gehüllt ging sie in die Küche und stand einige Minuten unschlüssig vor dem Kühlschrank. In den letzten Tagen hatte sie kaum etwas gegessen, verspürte aber dennoch keinen Hunger. Da sie aber irgendetwas zu sich nehmen musste, nahm sie sich widerwillig eine Banane aus dem Obstkorb und ging ins Wohnzimmer. Vor dem Vogelkäfig blieb sie stehen und brach ein Stückchen Banane ab. Tilly und Teddy kamen sofort erwartungsvoll zum Käfigrand, um die besten Stücke zu ergattern. Jessica kannte das nur zu gut. Sie hatte sogar schon ausprobiert, was passierte, wenn sie zwei Obststücke in den Käfig tat. Aber selbst dann stritten sich die beiden um ein und dasselbe Stück.

Kurz entschlossen nahm sie die Bananenscheibe, öffnete die Käfigtür und lockte ihre beiden gefiederten Freunde aus ihrem Heim. Als diese fröhlich zwitschernd auf ihren Fingern saßen, legte sie die Bananenscheibe zwischen die zwei Vögel und sah zu, wie beide erfreut anfingen, daran zu knabbern. Als sie fertig waren, ließ Jessica die beiden noch ein paar Runden fliegen und setzte sie dann wieder zurück in ihren Käfig.

Eine halbe Stunde später schloss Jessica die Wohnungstür hinter sich ab und ging langsam die

Stufen hinunter. Als sie vor die Haustür trat, strahlte die Sonne vom Himmel. Es war ein wunderschöner Tag und obwohl es erst neun Uhr und schon über zwanzig Grad waren, trug Jessica eine lange Jeans und einen langärmeligen Pullover. Eine Frau drehte sich erstaunt über ihre Kleidung zu ihr um, aber das junge Mädchen mit den ängstlichen, traurigen Augen beachtete sie überhaupt nicht und ging einfach mit gesenktem Kopf die Straße hinunter zur Fußgängerzone, während sie sich hin und wieder nervös umschaute. Dort blieb sie vor einem kleinen Blumengeschäft stehen und blickte nachdenklich auf die wunderschöne Dekoration im Schaufenster. Schließlich entschloss sie sich, hineinzugehen und öffnete die Glastür. Das kleine Glöckchen über ihr klingelte leise und kündigte dem Floristen seine nächste Kundin an. Ein alter Mann kam auf Jessica zu und fragte sie nach ihrem Begehren.

„Ich hätte gerne eine rote Rose mit etwas Grün", trug sie ihren Wunsch vor und verließ kurz danach mit der Blume in der Hand das Geschäft. Ihr Weg führte sie durch mehrere Straßen, bis sie fast aus dem Ort heraus und schließlich an ein großes Eisentor kam. Das alte Tor quietschte in seinen Angeln, als Jessica die Klinke herunterdrückte und das schwere Eisengebilde bewegte. Sie ging langsam die schmalen Wege entlang und blieb an einem Grab mit einem Kreuz aus weißem Marmor stehen. *‚Christoph Schilling, 12.07.72 bis 06.09.94'* stand in verschnörkelter Schrift in der Mitte des Kreuzes.

Darüber hing ein Foto des Verstorbenen.

Jessica kniete nieder und stellte die Rose in eine Friedhofsvase, die in der vorderen Hälfte des Grabes stand. Mit gesenktem Kopf saß sie vor dem Grab und sprach leise vor sich hin. Eine Träne rollte über ihre Wange.

„Ich hätte dich nicht alleine fahren lassen sollen", murmelte sie plötzlich, von ihren Erinnerungen übermannt, und wischte sich die Tränen vom Gesicht. „Ich konnte mich nicht einmal richtig von dir verabschieden. Warum du? – Warum hast du mich alleine gelassen?", fragte sie laut und eine Frau, die einige Meter entfernt von ihr an einem Wasserhahn ihre Gießkanne füllte, funkelte sie böse an und legte den Finger auf die Lippen.

Jessica murmelte eine Entschuldigung und wandte sich wieder dem Grab zu. Mit zärtlichem Blick betrachtete sie das Bild und schloss für ein paar Sekunden die Augen, um es in ihrer Phantasie lebendig werden zu lassen. Lange saß sie noch dort und starrte vor sich hin, bevor sie wieder aufbrach. „Ich liebe dich", sagte sie dann leise, warf noch einen letzten Blick auf das Kreuz und wandte sich zum Gehen.

Mit gesenktem Blick ging sie den Weg zurück zu ihrer Wohnung. Ihre Gedanken wanderten in die Vergangenheit: Vor einem Jahr war alles so schön gewesen. Sie und Christoph hatten sich durch Mischa kennengelernt und im vergangenen Sommer waren sie zusammen beim Wandern in Österreich gewesen. Während des Urlaubes war es dann passiert. Jessica und Chris hatten sich ineinander verliebt und sich kaum noch voneinander trennen können. Die vier hatten wundervolle Ferien zusammen verbracht und als der Urlaub seinem Ende zugegangen war, waren alle ein bisschen traurig gewesen, diese schöne Zeit nicht noch ein wenig länger auskosten zu können. Aber da die vier in unmittelbarer Nähe voneinander wohnten, würden noch viele, schöne Tage auf sie warten. Das hatten sie zu mindestens bis zu ihrem letzten Urlaubstag angenommen.

Sie erinnerte sich noch gut an seinen letzten Kuss und das merkwürdige Gefühl, das sie dabei hatte. Damals hatte sie nicht gewusst, was das zu bedeuten hatte, aber heute war ihr klar, dass es eine Art dunkle Vorahnung gewesen sein musste, auch wenn sie eigentlich nicht an so etwas glaubte. Es versetzte ihr einen Stich in Herz, als sie daran zurückdachte, wie Carolin sie zum Fernseher gerufen hatte, damit sie sich die Nachrichten anschauen konnten. An diesem Abend war eine Welt für Jessica zusammengebrochen. Noch heute träumte sie manchmal von den Bildern der verkeilten Fahrzeuge, der Leiche ihres Freundes, die mit einer Plane abgedeckt gewesen war und dem Teddy, der danebengelegen hatte. Den Teddy, den sie ihm erst kurz davor geschenkt hatte.

Inzwischen war Jessica ganz in Gedanken versunken an ihrer Wohnungstür angekommen und öffnete diese mit zitternden Fingern. Sie hatte gar nicht bemerkt, wie ihr die Tränen erneut über die Wangen liefen. Eigentlich war sie der Meinung gewesen, dass sie inzwischen über Chris' Tod hinweg gekommen wäre, aber scheinbar entsprach das doch noch nicht ganz der Wahrheit. Sie sehnte sich noch immer nach seinen Umarmungen, gerade jetzt, wo sie dringend jemanden brauchte, der ihr beistand, der sie tröstete und vor ihren Albträumen beschützte, die sie jede Nacht wieder aus dem Schlaf rissen.

Jessica legte ihren Schlüssel auf das Schlüsselbrett und ging ins Wohnzimmer. Was sollte sie jetzt bloß machen, um sich abzulenken und nicht mehr an die Schrecken zu denken? Sie sah sich in ihrer Wohnung um, ob sie noch etwas aufräumen oder saubermachen könnte, aber ihre Wohnung blitzte bereits vor Sauberkeit, was leider nur allzu selten vorkam. Mit dem Wohnungsputz hatte sie sich schon gestern beschäftigt. Selbst zu waschen hatte sie nichts mehr. Alles hing sauber und gebügelt in ihrem Kleiderschrank.

Während sie sich in der Wohnung umblickte, klingelte plötzlich das Telefon, aber Jessica machte keinerlei Anstalten, es abzuheben. Sie wartete, bis ihr Anrufbeantworter ansprang und lauschte auf die ihr nur allzu vertraute Stimme der Anruferin. „Hallo Jessica. Ich bin's, Caro. Ich wollte eigentlich nur mal fragen, wo du dich herumtreibst, weil ich schon seit über einer Woche nichts mehr von dir gehört habe.

Wo steckst du denn wieder? Ich muss dir nämlich etwas ganz Tolles erzählen, das am Wochenende im Club passiert ist. Du wirst es nicht glauben aber ich habe mich verliebt! – Aber das erzähle ich dir alles später. Du kannst dich ja mal bei mir melden, wenn du wieder da bist. Wir vermissen dich. Bis dann."

Für einen Moment hatte Jessica überlegt, ob sie ans Telefon gehen sollte, hielt dann aber in ihrer Bewegung inne. Es war vielleicht doch besser, wenn sie noch ein bisschen alleine blieb. Andererseits wusste sie aber auch, dass sie dringend jemanden brauchte, mit dem sie über ihre Gefühle reden konnte, aber im Moment war sie dazu einfach noch nicht in der Lage. Nicht einmal mit ihrer allerbesten Freundin konnte sie reden. Außerdem wollte sie Carolin nicht die gute Laune verderben: das hätte sie nämlich mit ihrer Erzählung sicherlich getan.

Sie setzte sich wieder auf ihre Wohnzimmercouch, schlang die Arme um ihre angezogenen Beine, und fing an zu weinen. Warum musste das Leben auch so ungerecht sein? Was hatte sie nur Böses getan, dass sie so bestraft wurde? Sie hatte nicht einmal jemanden, mit dem sie reden konnte. Gut – Carolin war eine sehr gute Zuhörerin, aber im Moment hatte sie vermutlich anderes im Kopf, als die Probleme und Ängste ihrer besten Freundin anzuhören. Jessica konnte sich nicht einmal über die Nachricht freuen, dass sie verliebt war, obwohl sie es ihr schon so lange gegönnt hatte. Carolin war einfach die beste Freundin, die sich ein Mensch nur wünschen konnte.

Wie oft hatte sie stundenlang bei Jessica verharrt, nachdem die Sache mit Christoph passiert war? Sie war damals der einzige Mensch gewesen, mit dem Jessica reden wollte und hatte sich rührend um die Freundin gekümmert.

Carolin sah unheimlich gut aus, fand Jessica. Wenn sie zusammen im Club waren, drehten sich die meisten nach ihr um. Und Sorgen um einen Tanzpartner hatte sie eigentlich auch nie. Aber irgendwie hatte sie bisher noch nicht den Richtigen gefunden. Vielleicht lag das aber auch daran, dass die meisten männlichen Besucher Amerikaner waren und Carolin einfach zu viel Angst hatte, sich mit einem solchen, der ja über kurz oder lang wieder zurück in die Vereinigten Staaten musste, einzulassen. Sie liebte ihre Heimat und hatte nicht vor, diese in absehbarer Zeit zu verlassen. Außerdem waren viele Jungen nur auf einen kurzen Flirt oder sogar ein One-Night-Stand aus und hatten gar nicht erst vor, eine ernsthafte Beziehung zu führen.

Langsam versiegten Jessicas Tränen wieder, als sie über ihre Freundin nachdachte. Sie hatte in den letzten Tagen sowieso viel zu viel geweint. Als sie aufstand, um ins Bad zu gehen und sich das Gesicht zu waschen, stieß sie mit dem Arm gegen die spitze Schrankecke und schrie auf. Mit schmerzverzerrtem Gesicht ging sie ins Badezimmer und zog ihren Pullover über den Kopf. Vorsichtig entfernte sie den Verband von ihrem Oberarm und starrte einen

Augenblick auf die Wunde, die sich schon wieder geöffnet hatte, und das warme Blut, das langsam daraus hervorquoll und ihren Ellenbogen herunterlief. Schnell holte sie eine neue, sterile Binde aus ihrem kleinen Apothekenschränkchen und legte sich einen neuen Verband an. Sie musste dabei die Zähne zusammenbeißen, damit sie nicht vor Schmerzen aufschrie. Kaum zu glauben, dass das immer noch so wehtat. Immerhin war es jetzt ja schon eine Woche her.

Als Jessica den Verband gewechselt und sich das Gesicht gewaschen hatte, ging sie zurück ins Wohnzimmer und kramte aus einem kleinen Schrank einige Fotoalben hervor. Lustlos blätterte sie die Seiten um, auf denen Fotos von ihr als Baby, während der Schulzeit und von späteren Urlaubsreisen zu sehen waren. Plötzlich hielt sie in ihrer Bewegung inne und betrachtete lange ein Bild, dass eine junge Frau Mitte zwanzig in einem weißen Kleid und einen Ende zwanzigjährigen Mann in einer Armeeuniform zeigte. Die beiden lächelten glücklich – es war das Hochzeitsfoto ihrer Eltern.

Jessica fühlte sich eigentlich ganz wohl, so auf sich allein gestellt; aber manchmal vermisste sie ihre Eltern dann doch. Zurzeit konnte sie sie nicht einmal anrufen, denn sie befanden sich zusammen mit den Eltern von Carolin und Mischa auf einer Kreuzfahrt durch die Karibik.

Sie blätterte weiter in ihren Fotoalben herum und stieß irgendwann auf einige Bilder, die sie einmal im

Club aufgenommen hatte. Darauf war sie mit ihren Freunden und einigen Amerikanern zu sehen. Der amerikanische Country-Club, in dem Jessica mit ihren Freunden viele Wochenend-Abende verbrachte.

Am letzten Wochenende hatte sich Jessica jedoch nicht mit Carolin und Mischa im Club getroffen, was eigentlich nur sehr selten vorkam. Sie war einfach noch nicht in der Lage gewesen, mit irgendjemandem zu reden, geschweige denn, einen lustigen Abend mit Freunden zu verbringen. Traurig senkte sie den Kopf und klappte ihr Album zu. Vielleicht würde es ihr bis zum kommenden Wochenende wieder etwas besser gehen, immerhin waren es bis dahin noch einige Tage.

Müde schloss sie kurz darauf die Augen. Sie hatte in den letzten Nächten kaum geschlafen und ihr Körper bedurfte dringend ein wenig Schlaf. Aber schon eine halbe Stunde später schreckte sie wieder auf. Sie konnte dieses Bild einfach nicht aus ihren Gedanken verbannen. Immer wieder tauchte es vor ihr auf und versetzte sie in Angst. Wie sollte sie es nur schaffen, diese Gedanken zu vertreiben, und wie sollte sie jemals wieder Vertrauen entwickeln?

Als Jessica aus dem Krankenhaus entlassen worden war, hatte sie sich zwei Tage lang in der hintersten Ecke ihres Wohnzimmers verkrochen und war gar nicht so sehr von den Worten der Krankenschwester überzeugt gewesen, die ihr versichert hatte, ihre Wunden würden bald heilen. Die Frau kannte ja auch nur die offizielle Version. Aber sie musste zugeben, dass es ihr schon wesentlich besser ging, als in den ersten Tagen. Immerhin hatte sie sich schon wieder auf die Straße getraut ohne bei dem ersten Schritt aus der Wohnung in Panik auszubrechen.

FREUNDSCHAFTSDIENSTE

Carolin klopfte leise an die Zimmertür ihres Bruders. In der Hand hielt sie einen Stapel Wäsche, die sie für Mischa gewaschen und gebügelt hatte und ihm nun bringen wollte. Sie war froh, ihren Bruder wieder um sich zu haben, auch wenn sie jetzt, wo ihre Eltern im Urlaub waren, die Wäsche von zwei Personen waschen musste, anstatt nur ihre eigene. Aber Carolin liebte ihren Bruder über alles. Die beiden verstanden sich sehr gut und verbrachten viel Zeit miteinander.

Das war eigentlich schon immer so gewesen. Mischa war damals gerade in die Schule gekommen, als Herr und Frau Wagner das abgemagerte kleine Mädchen bei sich aufgenommen hatten. Der Junge hatte sich sofort als ihr großer Bruder, ihr Beschützer gefühlt und die damals Dreijährige mit offenen Armen aufgenommen. Er war es auch gewesen, der das bis dahin stumme Mädchen schließlich zum Sprechen gebracht hatte und von Anfang an bestand zwischen ihnen ein ganz besonderes Band, woran sich auch nach Jahren nicht wirklich etwas geändert hatte. Sie wollte sich ein Leben ohne den Bruder gar nicht mehr vorstellen.

Carolin konnte es immer noch nicht verstehen, dass Mischas Freundin ihn vor die Tür gesetzt hatte.

Sie konnte sich niemand besseren als ihren Bruder zum Freund vorstellen. Er war lustig, sensibel, ein bisschen romantisch und unheimlich verständnisvoll. Noch dazu sah er nicht schlecht aus und seine dunklen, braunen Augen erinnerten Carolin immer an den Blick eines treuen Hundes.

Als Carolin in das Zimmer ihres Bruders eintrat, lag dieser mit einem Buch in der Hand auf seinem Bett und las. Aus den Lautsprechern seiner Stereoanlage klang leise Country-Musik. „Das hab' ich gern. Ich mach Großwaschtag und du liegst gemütlich auf deinem Bett und genießt den Tag."

„Na immerhin bist du die Frau im Hause", lachte Mischa, woraufhin Carolin ein paar zusammengerollte Socken aus dem Wäschestapel nahm und ihren Bruder damit bombardierte.

„He!" Mischa sprang von seinem Bett und schnappte sich seine Schwester. Diese konnte gerade noch den Wäschestapel in Sicherheit bringen, bevor sie von Mischa auf dessen Bett geworfen und durchgekitzelt wurde. Carolin quietschte vergnügt – gegen die starken Arme ihres Bruders hatte das schlanke Mädchen nicht die geringste Chance. Kurz darauf ließ Mischa von seiner Schwester ab und setzte sich neben sie auf die Bettkante.

„Was würde ich nur ohne dich tun?", fragte er lachend, aber gleich darauf veränderte sich sein Gesichtsausdruck schlagartig. Carolin brauchte nur in seine Augen zu sehen, um zu wissen, woran diese Veränderung lag. Er dachte an die Trennung von

Silvia, die er noch nicht ganz aus seinen Gedanken verbannen konnte.

Das Mädchen legte tröstend den Arm um seine Schultern. „Du musst sie vergessen!"

Mischa blickte zu ihr hoch: „Wenn das so einfach wäre."

„Du schaffst das schon." Carolin gab ihm einen Stubbs auf die Nase und schnappte sich dann wieder den Wäschestapel, um ihn im Kleiderschrank zu verstauen.

Ihr Bruder beobachtete sie dabei und stellte wieder einmal fest, wie hübsch seine Schwester doch war und wie gut er sich mit ihr verstand. „Sag' mal, hast du eigentlich mal wieder etwas von Jessy gehört? Sie hat sich schon eine Ewigkeit nicht mehr gemeldet."

Carolin drehte sich um. Auf ihrem Gesicht konnte er Besorgnis erkennen. „Nein, leider nicht. Ich mache mir auch schon Sorgen um sie. Seit über einer Woche versuche ich, sie zu erreichen. Im Büro hat man mir gesagt, dass sie krank sei, aber immer, wenn ich bei ihr anrufe, geht nur dieser blöde Anrufbeantworter dran. Aber zurückgerufen hat sie bisher auch noch nicht."

„Das ist aber sehr merkwürdig. Das ist doch sonst nicht ihre Art."

„Kannst du nicht mal morgen bei ihr vorbeischauen? Du hast doch sowieso frei und bei mir wird es vermutlich wieder spät werden. Und vielleicht ist sie ja aus irgendeinem Grund sauer auf *mich* und will einfach nur nicht mit *mir* reden. Aber ihr versteht euch doch immer so gut."

Mischa flog ein Lächeln übers Gesicht. Er hatte schon immer eine Schwäche für Jessica gehabt, sich aber schon lange vor dem Unfall von Chris nie getraut, ihr das zu gestehen. Und dann hatte er ja auch Silvia kennengelernt und war mit ihr eine ganze Weile zusammen gewesen. „Ich kann es ja mal versuchen."

„In Ordnung. Ich mache mich dann mal an das Abendessen", wechselte Carolin erleichtert das Thema.

„Das wiederum ist meine Aufgabe. Du hast schon gewaschen, also lass' mich mal für unser leibliches Wohl sorgen."

„Oho, das Menü vom Chefkoch persönlich. Was empfiehlt er denn heute so?"

Mischa ging lachend auf das Spiel ein, legte sich ein Handtuch, das seine Schwester gerade in den Schrank räumen wollte, über den Arm und deutete eine leichte Verbeugung an. „Ich empfehle ihnen Blumenkohlauflauf mit Kartoffeln, dazu Eiskrachsalat und einen ausgezeichneten 95er Orangensaft."

„Klingt vorzüglich", grinste Carolin und ging lachend aus dem Zimmer.

Jessica schreckte mitten in der Nacht auf und lauschte. War da nicht etwas an der Wohnungstür? Ruckartig setzte sie sich in ihrem Bett auf und griff sich ihren Baseballschläger, der einsatzbereit neben ihrem Nachttisch lag. Leise schlich sie ins Wohnzimmer und lauschte an der Tür. Draußen hörte sie Schritte, die langsam näher zu kommen schienen.

Ihre Knie fingen an zu zittern und ihre Hände wurden feucht, sodass sie Schwierigkeiten hatte, den Schläger festzuhalten. Vorsichtig lugte sie durch den Spion und sah eine dunkle Gestalt auf die Tür zukommen. Jessica hielt den Atem an und hob den Schläger über den Kopf – bereit, jeden niederzuschlagen, der ihr zu nahe kommen wollte. Aber die Gestalt ging an ihrer Tür vorbei und lief weiter die Treppe hinauf.

Erleichtert atmete Jessica auf und ließ sich an die Tür gelehnt auf den Boden sinken. Der Baseballschläger glitt ihr aus der Hand und krachte mit einem dumpfen Knall auf den Teppichboden. Aber sie bemerkte es überhaupt nicht mehr. Tränen der Wut und der Erleichterung rollten ihr übers Gesicht. Wie sollte das nur in Zukunft weitergehen?

Erschöpft kam sie einige Zeit später wieder auf ihre wackeligen Beine und hob den Schläger auf. In ihrem Schlafzimmer angekommen, griff sie in die Schublade und holte eine Packung Schlaftabletten hervor, die sie von der Apotheke bekommen hatte. Eigentlich hatte sie etwas gegen derartige Medikamente, aber sie brauchte dringend ein bisschen Schlaf, sonst würde sie irgendwann durchdrehen.

Kurze Zeit später schlief sie auch tatsächlich ein und wachte erst am späten Morgen wieder auf. Zwar wurde sie erneut durch einen Albtraum geweckt, aber im Gegensatz zu den letzten Nächten hatte sie wenigstens einige Stunden am Stück geschlafen und fühlte sich wesentlich besser, als am Tag zuvor. Sie aß sogar eine kleine Schüssel Müsli und trank eine Tasse Tee zum Frühstück.

Während des Vormittages beschäftigte sich Jessica mit ihren Vögeln und erledigte einigen liegengebliebenen Papierkram. Gegen Mittag klingelte es. Jessica fing sofort wieder an, zu zittern und ging nur zögerlich auf die Haustür zu. Als sie durch den Spion lugte, erblickte sie Mischa, der mit einer kleinen Schüssel in der Hand vor der Tür stand und sich umsah. Jessica legte die Hand auf die Klinke, zog sie dann aber unschlüssig wieder zurück. Es klingelte erneut, diesmal etwas energischer.

Als Jessica daraufhin immer noch nicht reagierte, klopfte Mischa einige Male an die Tür: „Jessy, bitte mach' auf. Ich weiß, dass du zu Hause bist. Du hast dein Fenster aufgelassen."

Jessica blickte über ihre Schulter. Tatsache, ihr Wohnzimmerfenster stand weit offen. Daran hatte sie gar nicht mehr gedacht. Langsam legte sie die Hand wieder auf die Klinke und öffnete die Tür. „Komm' rein", meinte sie leise und ging zurück zu ihrem Vogelkäfig, um ihm nicht in die Augen sehen zu müssen.

Unschlüssig stand Mischa in der Tür und wusste nicht so recht, ob er eintreten oder doch lieber wieder umkehren sollte. „Störe ich?", fragte er vorsichtig.

„Nein, nein. Komm' nur herein." Jessica drehte sich zu dem Freund um und ging zum Wohnzimmertisch. Mischa erschrak sichtlich, als er in ihr Gesicht blickte. Die kleine Wunde an ihrem Auge war noch nicht ganz verheilt und ihr Gesicht war so weiß wie ein Laken. Ihre Augen blickten unruhig im Zimmer umher und sie gab sich sichtlich Mühe, ihre zitternden Hände zu verbergen.

„Was ist passiert, Jessy?", flüsterte er betroffen und kam ein paar Schritte auf sie zu. Jessica wich vor ihm zurück und antwortete hastig: „Ich bin die Treppe heruntergefallen."

Mischa glaubte ihr kein Wort, hatte aber das Gefühl, dass er zurzeit nicht viel mehr aus dem Mädchen herausbekommen würde. Daher hielt er es für besser, vorerst das Thema zu wechseln und zeigte deshalb auf die Schüssel in seiner Hand. „Ich habe dir eine Kleinigkeit zu essen mitgebracht. Du isst doch auch so gerne Auflauf."

„Danke, das ist lieb von dir", sagte Jessica und nahm ihm die Schüssel aus der Hand, um sie in die Küche zu bringen. Dabei berührten sich ihre Finger für den Bruchteil einer Sekunde und sie zog schnell ihre Hand mit der Schüssel zurück.

„Du hast eiskalte Finger", stellte Mischa erstaunt fest und wollte Jessica festhalten. Dabei berührte er die Wunde an Jessicas rechtem Oberarm. Sie schrie vor Schmerz kurz auf und ließ vor Schreck über sich selbst die Schüssel fallen. Glücklicherweise handelte es sich um eine Plastikschüssel, die den Sturz heil überlebte. Jessica aber brach in Tränen aus und stieß Mischa von sich weg.

„Es tut mir leid. Das wollte ich nicht", versuchte sich dieser verwirrt und geschockt zu entschuldigen.

„Es ist besser, wenn du jetzt gehst."

Der Junge blickte sie ein paar Minuten entsetzt an, doch dann wurde sein Gesichtsausdruck weich, und entschlossen ging er einen Schritt auf sie zu: „Nein Jessy! Ich bin dein Freund. Ich lasse dich jetzt nicht allein. Bitte sag' mir, was du hast. Was ist bloß passiert?" Mischa war selber ein wenig verstört. Niemals hatte er Jessica so hilflos und verzweifelt gesehen, nicht einmal nach dem Tod von Christoph. Aus ihren Augen blickte ihm die nackte Angst entgegen und sie zitterte inzwischen am ganzen Körper.

„Lasst mich doch einfach alle in Ruhe", schrie Jessica plötzlich, rannte in ihr Schlafzimmer und schlug die Tür hinter sich zu.

Mischa hatte das Gefühl, sie erst einmal eine Weile alleine lassen zu müssen und versuchte daher nicht, ihr zu folgen, sondern blickte nur irritiert auf die verschlossene Zimmertür. Dann holte er einen Lappen aus der Küche, um den Boden sauber zu machen, auf dem sich durch den Sturz einige Stückchen des Auflaufes verteilt hatten. Die Schüssel war glücklicherweise relativ gerade auf dem Boden aufgekommen, sodass sich ein Großteil des Essens noch darin befand. Nachdem er den Boden gereinigt hatte, nahm der die Schüssel, füllte den Inhalt in eine

Auflaufform und stelle diese in den Backofen. Vielleicht wollte Jessica ja eine Kleinigkeit essen, wenn sie sich wieder beruhigt hatte.

Während der Auflauf im Ofen warm wurde, stellte Mischa für Jessica und sich selbst Teller und Besteck auf den Tisch und besorgte etwas zu trinken aus der Vorratskammer. Er hatte schon oft zusammen mit der Freundin und seiner Schwester gekocht und kannte sich daher in der Küche bestens aus.

Kurz darauf setzte er sich auf das Sofa und blätterte lustlos in einer Zeitung herum, während er darauf wartete, dass das Essen fertig wurde. Dann hörte er, wie die Schlafzimmertür leise geöffnet wurde, drehte sich aber dennoch nicht zu Jessica um, die zögernd im Türrahmen erschien. Er wollte ihr die Möglichkeit geben, sich wieder zurückzuziehen, wenn sie sich noch nicht stark genug für eine Unterhaltung fühlte.

Das Mädchen stand einige Minuten an den Türrahmen gelehnt und beobachtete Mischa nachdenklich. Er schien sie überhaupt nicht zu bemerken. Dann wanderte ihr Blick zum Wohnzimmertisch, auf dem Mischa gedeckt hatte. Gerührt brachte sie ein Lächeln zustande. „Du gibst wohl nie auf", stellte sie mit noch etwas unsicherer Stimme fest.

Mischa drehte sich zu ihr um und lächelte sie aufmunternd an. Langsam kam sie die wenigen Schritte auf das Sofa zu, setzte sich aber in sicherer Entfernung auf den Sessel, während Mischa in die Küche ging, um den Auflauf aus dem Backofen zu holen.

„Sei mir bitte nicht böse, aber ich möchte lieber nichts essen."

„Du musst aber etwas essen, nur ein wenig. Mir zuliebe."

„Na gut, aber nur ein bisschen", gab sich Jessica nach einigen Sekunden geschlagen und Mischa gab ihr etwas von dem Auflauf auf ihren Teller. Während die beiden aßen, fing Mischa eine harmlose Unterhaltung an. Er vermied es aber, auf Jessicas Zusammenbruch zu sprechen zu kommen, was diese ihm hoch anrechnete. Nachdenklich beobachtete er die Freundin, wie sie lustlos in ihrem Essen herumstocherte und bei dem kleinsten Geräusch im Treppenhaus zusammenzuckte. Sonst war sie nie ängstlich gewesen. Irgendetwas Schlimmes musste in den letzten eineinhalb Wochen passiert sein, dass sie sich plötzlich so verändert hatte. Aber er spürte auch, dass sie noch nicht in der Lage war, darüber zu sprechen.

Mischa blieb noch den ganzen Nachmittag bei Jessica und unterhielt sich mit ihr. Mit der Zeit hörte sie auch auf zu zittern und entspannte sich ein bisschen. Sie schaffte es sogar, ihren Teller leer zu essen und musste zugeben, dass es ihr ausgezeichnet geschmeckt hatte.

Am späten Nachmittag verabschiedete sich Mischa mit sehr gemischten Gefühlen. Nur zu gerne hätte er Jessica zum Abschied in die Arme genommen, wie er es schon oft getan hatte, aber er war sich nicht sicher, wie sie darauf reagieren würde. Er wollte nicht einen neuen Zusammenbruch herbeiführen und hielt es daher für besser, nur mit Worten auf Wiedersehen zu sagen. Jessica bemerkte seine Unentschlossenheit, konnte sich aber nicht dazu durchringen, ihn zu umarmen oder ihm auch nur die Hand zu geben. Sie öffnete die Haustür und ließ Mischa ins Treppenhaus treten. Dieser verabschiedete sich von ihr und ging die Stufen hinunter.

„Mischa…?" Neugierig drehte sich der Junge um. „Danke", sagte Jessica leise.

Mischa lächelte ihr zu und fragte dann ebenso leise: „Sehen wir uns morgen?"

Jessica zuckte die Schultern und schloss langsam die Tür, während Mischa etwas unschlüssig im Treppenhaus stand und überlegte, ob er das nun als *ja* oder *nein* deuten sollte. Dann ging er die Stufen hinunter und fuhr nachdenklich nach Hause.

„Du Caro, ich glaube, du solltest mal mit Jessy reden", stellte Mischa beim Abendessen fest, woraufhin ihn seine Schwester erstaunt anblickte.

„Was ist denn los?"

„Wenn ich das nur wüsste…", murmelte Mischa mehr zu sich selbst. Carolin starrte auf den besorgten Gesichtsausdruck ihres Bruders und forderte ihn auf, weiterzusprechen. „Ich kann es dir auch nicht so genau sagen. Irgendetwas Schreckliches muss passiert sein, seit wir sie zum letzten Mal gesehen haben. Sie ist so verstört und zittert die ganze Zeit vor Angst. Ich weiß nur nicht, wovor sie eigentlich Angst hat. Als ich ihre Hände berührt habe, waren sie eiskalt, und dann ist sie ganz plötzlich in Tränen ausgebrochen und hat mich angeschrien, ich solle sie doch in Ruhe lassen..."

„Unsere Jessica?", fragte Carolin ungläubig.

„Ja, unsere Jessica! – Ich mache mir wirklich Sorgen um sie."

Als Jessica am darauffolgenden Morgen erwachte, lachte die Sonne durch ihr Fenster und auch in ihrem Herzen sah es nicht mehr ganz so düster aus, wie am Morgen zuvor. Die Unterhaltung mit Mischa hatte ihr sehr geholfen und sie war in dieser Nacht nur einmal aufgeschreckt, aber bald darauf wieder eingeschlafen.

Mit einem Blick auf ihren Wecker stellte sie fest, dass es bereits neun Uhr war. Langsam kletterte sie aus ihrem Bett. Der Schlaf hatte ihr gutgetan; sie fühlte sich munter und für den kommenden Tag gerüstet. Aus dem Badezimmer kommend, verspürte sie ein leichtes Hungerfühl. Jessica blickte in den Spiegel und lächelte ihr Spiegelbild an: „Wird ja auch langsam Zeit", sagte sie zu dem blassen Gesicht ihr gegenüber. „Es reicht schon, dass du wie ein Gespenst aussiehst, du musst dich nicht auch noch in ein Skelett verwandeln."

Nach einer Schüssel Müsli ging es ihrem Magen wieder gut und Jessica wusch das Geschirr sorgfältig ab, das sie gestern nur in die Küche gestellt hatte.

PANIKATTACKE

Am frühen Nachmittag klingelte es erneut an der Haustür. Schnell zog Jessica einen dünnen, langärmeligen Pullover über ihr Top, das sie bisher getragen hatte, und ging in den Flur. Nachdem sie durch den Spion geschaut hatte, öffnete sie die Tür einen Spalt. „Galt das gestern als *Ja*?" Mischa lugte grinsend um die Ecke.

Jessica lächelte und zog die Tür vollständig auf. „Komm' rein."

Sie setzten sich ins Wohnzimmer und unterhielten sich eine Weile, als Mischa plötzlich auf die Idee kam, sie könnten bei diesem schönen Wetter ja eigentlich ein Eis essen gehen. Jessica überlegte einen Augenblick, stimmte dann aber zögernd zu. Sie musste einfach mal aus ihrer Wohnung raus, konnte sich ja nicht ewig verkriechen.

„Ich zieh' mir nur schnell etwas anderes an."

„Gute Idee. Mit deinem Pulli gehst du ja sonst ein bei dieser Hitze."

Jessica reagierte nicht auf seine Bemerkung, sondern verschwand wortlos in ihrem Schlafzimmer. Kurz darauf trat sie wieder zu ihrem Freund, der geduldig auf sie gewartete hatte. Sie trug nun eine Sommerhose und eine dünne, aber ebenfalls langärmelige Bluse. Mischa blickte sie eine Sekunde erstaunt an.

„Wieso hast du denn…?"

„Komm', lass' uns gehen!", unterbrach ihn das Mädchen geschickt, schnappte sich ihren Schlüssel vom Schlüsselbrett und öffnete ungeduldig die Wohnungstür. Mischa folgte ihr unschlüssig, ließ aber seine Frage unvollendet im Raum stehen.

Schweigend gingen sie nebeneinander her die Straße entlang, bis sie an die Eisdiele kamen. Dort besorgte Mischa für jeden eine Eiswaffel und sie machten sich auf den Weg zu einem gemeinsamen Spaziergang durch den Park. Inzwischen hatten sie auch eine zwanglose Unterhaltung begonnen. In ein Gespräch vertieft leckten sie ihr Eis und schlenderten durch den Park.

Plötzlich sprang ein etwa sechsjähriger Junge mit einem Cowboyhut auf dem Kopf aus dem Gebüsch und kam vor den beiden schlitternd zum Stehen. In den Händen hielt er ein Gummimesser und eine Spielzeugpistole, die er beide auf Jessica richtete. „Hände hoch!", rief er grinsend.

Jessica war bereits stehen geblieben; ihre Augen weiteten sich vor Schreck und die Eiswaffel fiel ihr aus der Hand. Plötzlich stieß sie einen Schrei aus und rannte davon. Mischa stand eine Sekunde wie angewurzelt an seinem Platz und starrte den kleinen Jungen an, der ebenso verdattert dreinblickte, wie er selbst. Aber gleich darauf hatte sich Mischa wieder gefasst. Er klopfte dem Jungen auf die Schulter, sagte ein paar entschuldigende Worte und warf sein eigenes Eis in die Mülltonne. Dann rannte er der Freundin hinterher, die schon fast am Ende des Parks angelangt war.

„Jessica! – Jetzt warte doch!" Aber Jessica schien ihn überhaupt nicht zu hören. Wie blind rannte sie durch den Park, die Straßen entlang und in den Wald hinein, bis sie nicht mehr konnte, sich erschöpft an einen Baum lehnte und auf den Boden sinken ließ. Ihr Kopf fiel auf die Knie und sie fing bitterlich an zu weinen. Die leisen Schritte, die sich kurz darauf näherten, registrierte sie nicht einmal mehr.

Mischa war den ganzen Weg hinter Jessica hergerannt und hatte Schwierigkeiten, ihr zu folgen. Normalerweise hätte er das Mädchen spielend eingeholt, aber in ihrer Panik hatte sie ungeahnte Kräfte entwickelt und ihn fast abgehängt. Außerdem war er nicht so blind wie sie über Straßen gerannt, sondern hatte auf den Verkehr geachtet. Jetzt stand er vor dem zusammengekauerten Mädchen und wusste nicht so genau, was er tun sollte.

„Jessica?", fragte er leise und legte ihr die Hand auf den Arm.

Das Mädchen zuckte erschrocken zusammen und fing an, wie wild um sich zu schlagen. „Nein!", schrie sie blind vor Tränen, „Ich will nicht… Lass' mich los… Tu mir nicht weh…"

Mischa bekam einen Schlag ins Gesicht und taumelte benommen rückwärts. Er hatte keine Ahnung gehabt, dass Jessica eine solche Kraft aufbringen konnte. Man konnte dem jungen Mann ansehen, dass er langsam wütend wurde. Verwirrt stand er wieder auf und kam auf Jessica zu, bereit, einen weiteren Schlag abzuwehren. Dieses Mal war er auf den Angriff gefasst, denn das Mädchen versuchte immer noch, ihren unsichtbaren Gegner mit Schlägen abzuwehren. Sie hatte die Augen geschlossen und schlug wild um sich, während sie unentwegt schrie.

Mischa näherte sich der Freundin und ergriff gezielt ihre Handgelenke, damit sie keinen weiteren Hieb ansetzen konnte. Er hatte Probleme, ihre Arme festzuhalten, war allerdings fest entschlossen, sie an weiteren Gewalttätigkeiten zu hindern.

„Jessica ... Jessica, sieh mich an! Ich bin es – Mischa. Jessy, hör' mir zu: Ich will dir nichts tun. Ich bin dein Freund." Langsam wurde er richtig ungehalten, als sie immer noch nicht reagierte „Sieh mich an, verdammt noch mal!", schrie er sie schließlich an.

Jetzt endlich hob Jessica den Kopf und blickte den Freund ängstlich an. Sie schien ihn nur sehr langsam zu erkennen. Mischa merkte, wie die Kraft aus ihren Armen wich und sie schlaff wurden. Tränen liefen Jessica übers Gesicht, während sie ihn ungläubig anstarrte.

„Es... es tut mir... so leid", flüsterte sie schließlich und Mischa schloss sie wortlos in die Arme. Zu seiner eigenen Überraschung ließ sie es ohne Widerstand geschehen.

Es dauerte lange, bis sich Jessica wieder einigermaßen beruhigt hatte. Mischa hielt sie die ganze Zeit über fest und streichelte ihr beruhigend den Rücken. Beide sagten kein Wort.

Als sich das Mädchen endlich aus der Umarmung löste, waren fast zwanzig Minuten vergangen. Mischa reichte ihr ein Taschentuch, damit sie sich die Nase putzen konnte. Danach gingen sie wortlos zurück zu Jessicas Wohnung.

Dort angekommen holte Jessica einige Eiswürfel aus dem Kühlschrank, tat sie in einen Beutel und gab sie ihrem Freund. Sie hatte ihn mit ihrem Schlag genau neben dem Auge getroffen, das inzwischen ein wenig angeschwollen war. Mischa nahm das Eis dankend entgegen. „Es tut mir leid, dass ich dich geschlagen habe."

„Ist schon gut. Du hast es ja nicht mit Absicht getan." Mischa lächelte sie an und drückte den Eisbeutel auf die schmerzende Stelle neben seinem linken Auge. „Geht es dir jetzt wieder besser?", fragte er nach einer Weile.

Jessica nickte. „Ich weiß selbst nicht so genau, was in mich gefahren ist. Plötzlich kam da dieser Junge aus dem Gebüsch und ich habe mich total erschrocken."

„Sag' mal, für wie blöd hältst du mich eigentlich? Du hast dich nicht einfach nur erschrocken. – Du hattest eine panische Angst vor dem kleinen Jungen!"

„Ja, ich weiß", gab das Mädchen kleinlaut zu.

„Was ist passiert, Jessy? Wovor hast du eine solche Angst?" Der junge Mann blickte ihr tief in die Augen, und Jessica hatte das Gefühl, dass er bis in ihre Seele sehen und all ihre Gedanken erraten könnte. Nervös drehte sie den Kopf zur Seite. „Sei mir bitte nicht böse, Mischa, aber ich..." In diesem Moment wurde sie durch ein Klingeln an ihrer Wohnungstür unterbrochen.

„Soll ich gehen?" fragte ihr Freund und sie nickte erleichtert. Mischa ging zur Tür und öffnete sie. Vor ihm stand ein unrasierter Mann Anfang zwanzig in einer schwarzen Motorradkluft. Seine Augen wurden durch eine dunkle Sonnenbrille verdeckt, die er dann aber abnahm, um Mischa herablassend von oben bis unten zu mustern.

„Ja?", fragte dieser irritiert. Seit wann kannte Jessica denn solche Typen?

„Ich will zu Jessica!", sagte der Junge unfreundlich.

„Hast du auch einen Namen?"

„Benno!"

„Warte mal einen Moment", bat Mischa und schloss vorsichtshalber die Tür.

„He!", schrie Benno wütend, aber Mischa kümmerte sich nicht um ihn, sondern ging zu Jessica in die Küche.

„Jessy? Da will dich ein gewisser Benno sprechen."

Seine Freundin drehte sich ruckartig um. Ihre

Hände begannen, feucht zu werden und ihr wurde übel, während sie nickte und in Richtung Flur ging. Mischa bemerkte ihre Anspannung und folgte ihr. „Soll ich lieber mitkommen?"

„Nein danke", sagte sie tonlos und Mischa setzte sich daher ins Wohnzimmer, um auf sie zu warten.

Jessica ging in den Flur und schloss die Tür hinter sich zu, bevor sie an die Wohnungstür trat und diese nach kurzem Zögern öffnete. „Was willst du?" empfing sie den unerwünschten Besucher und versuchte, ihre Stimme so fest wie möglich klingen zu lassen.

„Dich sehen", antwortete Benno und strich mit seinen kalten Fingern über ihre Wange. Jessica zuckte zurück und ihr Magen krampfte sich zusammen. Benno hielt ihr Kinn fest und deutete mit seinem Kopf in Richtung Wohnzimmertür. „Ist das dein neuer Macker?"

„Nein, er ist nur ein Freund", antwortete Jessica leise.

„Dafür wart ihr in den letzten beiden Tagen aber recht lange zusammen", stellte Benno mit wütender Stimme fest.

„Spionierst du mir etwa nach?"

„Ich muss doch wissen, was du so treibst."

„Ich werde schon nichts sagen." Der Satz kam nur als Hauch über ihre Lippen. Jessica stand kurz davor, in Tränen auszubrechen.

„Das ist auch besser so. Du willst doch nicht, dass der Flasche in deinem Wohnzimmer etwas passiert, oder?" Aus seiner Stimme war die unterschwellige Drohung deutlich zu hören.

„Bitte lass' Mischa aus dem Spiel", flehte Jessica und Benno grinste übers ganze Gesicht.

„Ach, Mischa heißt der Milchbubi also. Tja, Mädel, das liegt ganz allein bei dir." Mit diesen Worten machte er auf dem Absatz kehrt und ging pfeifend die Treppe hinunter. Jessica schloss die Tür hinter ihm und ließ sich erleichtert auf den Boden sinken, wo sie einige Minuten lang reglos sitzen blieb.

Mischa hatte von diesem Gespräch nichts mitbekommen, denn die beiden hatten relativ leise gesprochen. Er hörte, wie die Tür ins Schloss fiel und hob den Kopf, da Jessica eigentlich jetzt wieder ins Wohnzimmer hätte kommen müssen. Aber diese ließ sich nicht blicken.

Mischa wartete zwei, drei Minuten und stand dann auf, um nach seiner Freundin zu sehen. Gerade, als er zur Wohnzimmertür gehen wollte, wurde diese aufgestoßen und Jessica trat auf ihn zu. Sie war noch blasser als vorher, wirkte aber gleichzeitig auch ein bisschen erleichtert.

„Was war los?", fragte Mischa unruhig.

„Lass' uns ein anderes Mal darüber reden, ja?" Jessica hob den Kopf und blickte ihn bittend an. Mischa nickte nur verständnisvoll, obwohl er nur zu gerne erfahren hätte, was sie schon wieder so aus der Ruhe gebracht hatte.

An diesem Abend, nachdem Mischa bereits

wieder gegangen war, besuchte auch Carolin ihre Freundin, konnte sie aber ebenso wenig wie ihr Bruder zu irgendeiner Aussage bezüglich der vergangenen Woche überreden. Jessica war ziemlich kurz angebunden und verabschiedete sie freundlich aber bestimmt nach einer halben Stunde wieder, weil sie müde sei und ins Bett wollte. In Wahrheit hatte sie allerdings Angst, Carolin würde nicht locker lassen, bis sie mit der Sprache herausrückte. Ihre Freundin konnte manchmal sehr hartnäckig sein.

In den kommenden Tagen verbrachten Mischa und Jessica viel Zeit miteinander. Da Mischa sich nun doch ein paar Tage frei genommen hatte, konnte er das ohne Probleme einrichten. Der Junge kümmerte sich gerne um die Freundin und vergaß dabei sogar seinen eigenen Liebeskummer. Und Jessica schien mit jedem Tag ein bisschen mehr aufzublühen.

So halfen sich die beiden gegenseitig wieder auf die Beine, indem sie sich voneinander erzählten oder gemeinsame Erinnerungen austauschten. Auch Carolin schloss sich an den Abenden den beiden an, wenn sie von der Arbeit kam. Es tat ihr leid, dass sie im Moment kaum Zeit für die Freundin hatte, die offensichtlich Hilfe benötigte, aber gleichzeitig war sie auch ein wenig erleichtert, ihren Bruder bei Jessica zu wissen. Sie wusste, wie gut er sich um einen kümmern konnte, das hatte sie bereits des Öfteren am eigenen Leib erlebt.

Jessica wurde von Treffen zu Treffen ein wenig ruhiger. Nur noch selten zuckte sie zusammen, wenn das Telefon klingelte, oder fing an zu zittern, wenn Mischa sie zufällig berührte. In seiner Gegenwart fühlte sie sich sicher und hatte das Gefühl, dass er sie vor allen Gefahren beschützen würde. Dennoch brachte sie es nicht fertig, ihren Freunden den Grund ihrer Angst zu erzählen, genauso wenig, wie sie Mischa über Benno aufklärte, obwohl ihr Freund sie immer wieder auf dessen Besuch ansprach.

VERLIEBTE BLICKE

So vergingen die nächsten Tage wie im Flug und bald stand auch das Wochenende vor der Tür. Am Samstagvormittag machten Jessica und ihre Freundin Carolin einen Spaziergang durch den Park.
„Kommst du heute Abend mit in den Club?"
„Ich weiß noch nicht so genau…", zögerte Jessica mit der Antwort. Sie war sich nicht ganz sicher, ob sie schon so weit war, mit den anderen in den Club zu gehen. Vielleicht sollte sie lieber noch ein bisschen warten. Andererseits hatte sie große Lust, wieder einmal tanzen zu gehen und vielleicht würde sie so ja auch ihre Angst vor Menschen wieder verlieren, denn im Moment waren Carolin und ihr Bruder die einzigen Menschen auf der Welt, bei denen Jessica weder Angst noch Unbehagen empfand.
„Bitte Jessy. Ich muss dir doch Ralf richtig vorstellen", bat ihre Freundin und lächelte sie vielsagend an.
„Ralf? Wer zum Kuckuck ist denn… - Oh verdammt! Entschuldige, Caro, das hatte ich ja völlig vergessen. Du wolltest mir ja von jemandem erzählen, in den du dich letztes Wochenende verguckt hast."
„Ist schon okay. Du hast zurzeit weiß Gott was für

andere Sachen in deinem Kopf, als meine Liebesgeschichten."

„Das ist aber noch lange kein Grund, so etwas einfach zu vergessen. Komm', lass uns dort zu der Bank gehen. Dann kannst du mir alles haargenau berichten."

Die beiden gingen zu der angedeuteten Bank und Carolin erzählte aufgeregt, was am vergangenen Wochenende alles passiert war. Sie hatte die Neuigkeiten lange genug zurückgehalten und sie sprudelten einfach aus ihr heraus. „Kannst du dich noch an den Typen mit den schwarzen Haaren erinnern, der so unheimlich gut tanzen konnte?"

„Ja, klar. – Jetzt kann ich mich auch wieder an den Namen erinnern."

„Genau. Ich sage dir, wir haben letzte Woche total oft zusammen getanzt und uns unheimlich lange unterhalten. Er hat mir erzählt, dass er mich schon die ganze Zeit zum Tanzen auffordern wollte, sich aber bis vorletzte Woche nicht getraut hatte. Er ist ein bisschen schüchtern, musst du wissen. Aber seine Freunde hatten wohl so lange auf ihn eingeredet, bis er sich dann doch neulich Abend endlich einmal getraut hat. – So einen netten Jungen habe ich noch nie kennengelernt - außer meinen Bruder vielleicht", fügte sie lächelnd mit einem Seitenblick auf die Freundin hinzu. „Und tanzen kann der – du glaubst es nicht..." Carolin kam aus dem Schwärmen gar nicht mehr heraus und ihre Freundin lächelte amüsiert.

„Mann oh Mann, dich scheint es ja ganz schön erwischt zu haben."

Das blonde Mädchen lächelte ihre beste Freundin vielsagend an: „Da könntest du vielleicht sogar recht haben. – Auf jeden Fall ist Ralf total lieb und nett, aber wie gesagt ein bisschen schüchtern. Erst so nach etwa ein, zwei Stunden ist er etwas lockerer geworden."

„Wie alt ist er eigentlich?"

„Zweiundzwanzig, das habe ich dir doch schon damals im Club erzählt. Und er hat Abi gemacht und dann eine Ausbildung als Bürokaufmann. Jetzt arbeitet er bei irgend so einer großen Firma."

„Und? Habt ihr euch für heute Abend verabredet?"

„Ja natürlich. Am Montagabend hat er mich extra noch dreimal gefragt, ob ich dieses Wochenende komme."

„Am Montag?", fragte Jessica erstaunt, denn sie hatte nicht gewusst, dass sich die beiden außer am Samstagabend noch einmal gesehen hatten.

„Ehm", stockte Carolin und eine verlegene Röte stieg ihr in die Wangen, „naja, wir haben uns nicht nur am Samstagabend gesehen. Am Sonntag waren wir im Kino und am Montagabend sind wir zusammen Eis essen gewesen."

„Aha", machte Jessica wissend, „und dann konntest du ihn nicht mehr sehen, weil deine beste Freundin, sprich ich, kurz vorm Durchdrehen war, oder?"

„Ach, Quatsch mit Soße. Du hast mich gebraucht, und das geht nun einmal vor. Außerdem muss man es ja nicht gleich übertreiben. – Ach übrigens: ich habe Ralf gefragt, ob er sich nicht heute Abend zu uns setzen will. Ich hoffe, du hast nichts dagegen."

„Natürlich nicht. So langsam hast du mich richtig neugierig gemacht. Ich bin schon gespannt wie ein Flitzebogen auf deinen Traumprinzen. Ich habe ihn das letzte Mal ja nur von der Ferne gesehen."

„Also kommst du mit?", fragte Carolin erfreut.

„Ja. Ich kann dich doch jetzt nicht alleine lassen!", lachte Jessica und für einen Augenblick war sie wieder völlig die Alte. „Außerdem langweilt sich Mischa sonst zu Tode, wenn er niemanden zum Quatschen hat."

„Danke", erwiderte Carolin erfreut und nahm ihre Freundin in den Arm.

Jessica fühlte sich zwar immer noch nicht ganz wohl in ihrer Haut, als sie daran dachte, heute Abend in den meist ein wenig überfüllten Club zu gehen, aber sie wollte ihre Freundin nicht enttäuschen. Und Mischa war in den letzten Tagen immer für sie da gewesen. Jetzt konnte sie auch mal etwas für ihn tun und ihn nicht einfach alleine lassen, während seine Schwester vermutlich den gesamten Abend mit Ralf abgelenkt war.

Kurz entschlossen lud sie Carolin und deren Bruder für 19:00 Uhr zum Abendbrot ein. Dann konnten sie zusammen nach dem Essen losfahren. Sie bildeten sowieso meistens eine Fahrgemeinschaft, damit sie nicht immer mit zwei Autos unterwegs waren und dadurch Benzin sparen konnten. Außerdem war es so kein Problem, wenn einer von ihnen einmal etwas trinken wollte, was zwar selten, aber doch hin und wieder vorkam, da sie sicher sein konnten, dass derjenige, der fuhr, nur Cola oder Limonade zu sich nahm.

Pünktlich um kurz vor sieben standen Carolin und Mischa vor der Tür zu der gemütlichen Zwei-Zimmer-Wohnung. Jessica öffnete ihnen. In der Wohnung roch es schon verführerisch nach frisch gebackenem Lauchkuchen und als Nachtisch hatte Jessica Mousse au Chocolat vorbereitet.

Als sie mit dem Essen fertig waren, ging Jessica in ihr Schlafzimmer, um sich für den Club fertig zu machen, während die Geschwister im Wohnzimmer auf sie warteten. Plötzlich fiel Carolin ein, dass sie ihre Freundin noch um etwas bitten wollte und folgte dieser in den anliegenden Raum. „He, Jessy! Sag mal, kann ich..." Mitten im Satz brach sie ab. Jessica war gerade dabei, ihren Pullover über den Kopf zu ziehen. Auf ihren Armen und ihrem Rücken konnte man noch deutlich die Überreste einiger Blutergüsse und Schrammen erkennen. Als das Mädchen die Freundin bemerkte, drehte sie sich ruckartig um. Carolins Gesichtsausdruck verriet Entsetzen und langsam ging sie auf Jessica zu, die sie erschrocken anblickte.

„Oh, Jessy! Jetzt weiß ich, warum du in letzter

Zeit immer langärmelige Pullis trägst. – Es tut mir so leid." Mit Tränen in den Augen nahm sie die Freundin in den Arm.

„Du kannst doch nichts dafür, Caro", brachte Jessica mühsam hervor. Dann zwang sie sich, sich zusammenzureißen und schob Carolin vorsichtig von sich weg. „Was wolltest du mich eigentlich fragen?"

„Ich wollte nur... ach, vergiss es! Es ist nicht wichtig."

„Nein, tu ich nicht! Nun sag' schon."

„Ich wollte dich nur fragen, ob ich mir eine deiner Country-Blusen ausleihen kann. Die mit den Pferden, die passt mir doch auch."

„Ja klar. Warte, ich gebe sie dir." Jessica war froh, dass Carolin sie nicht weiter über die Verletzungen ausfragte. Sie ging zum Kleiderschrank, holte die besagte Bluse heraus und reichte sie der Freundin. Dann suchte sie sich selber eine hübsche, langärmelige Country-Bluse aus ihrem Schrank und zog sich um. Jessica hatte eine Unmenge an Country-Blusen und -Hosen, die sie von ihren Eltern geschenkt bekommen oder sich teilweise auch selber gekauft hatte. Daher kam es auch des Öfteren vor, dass sich Carolin ein Oberteil von der Freundin auslieh, obwohl das nicht mit allen Blusen ging, da Carolin größer als Jessica war und daher auch längere Arme hatte. Aber einige der Blusen passten ihr ebenfalls.

Als die beiden Mädchen fertig waren, gingen sie wieder ins Wohnzimmer, wo Mischa geduldig auf sie wartete. Jessicas Haare, die vorher in einem Pferdeschwanz zusammengebunden waren, fielen ihr jetzt locker über die Schultern. Mischa hob den Kopf, als er seine Schwester und deren Freundin bemerkte und pfiff anerkennend durch die Zähne.

„Mädels, ihr seht toll aus."

„Danke, das Kompliment geben wir gerne zurück", lächelte Jessica. Mischa hatte sich währenddessen ebenfalls umgezogen und trug nun eine schwarze Jeans und ein weißes Cowboyhemd mit einem Pferdekopf auf der Rückseite. Darüber trug er eine Lederkette, wie sie die meisten männlichen Besucher der Clubs umhängen hatten und die er einmal von Jessica geschenkt bekommen hatte. Normalerweise trug er dazu einen schwarzen Cowboyhut, den er aber zurzeit noch im Auto liegen hatte – genau wie seine Schwester.

Jessica betrachtete ihn einen Augenblick und ihr fiel dabei das erste Mal auf, wie gut ihm diese Kleidungsstücke eigentlich standen. Auf einmal hatte sie das Gefühl, als wenn es doch ein schöner Abend werden könnte, griff nach ihrem eigenen Hut und munter machten sich die drei Freunde auf den Weg zum Club.

Während sie sich mit ihren Getränken erst einmal einen Sitzplatz suchten, um den ersten Liedern zu lauschen und sich zu unterhalten, kam ein großer, schwarzhaariger Junge auf ihren Tisch zu und blieb unschlüssig neben Carolin stehen, die ihn zuerst gar nicht bemerkte, da er von hinten an sie herangetreten war. Etwas verlegen räusperte sich der junge Mann und brachte ein leises „Hallo" heraus, das aber von der laufenden Musik verschluckt wurde. In diesem Moment erkannte Jessica, wer da vor ihr stand und kam ihm daher zu Hilfe: „Du bist Ralf, nicht wahr? Ich heiße Jessica."

„Hallo", grüßte Ralf freundlich, während sich Carolin erstaunt umdrehte.

„Oh hi, Ralf. Entschuldige, aber ich habe dich gar nicht gesehen."

„Schon okay."

„Komm', setz' dich." Carolin lächelte ihn an, nahm seine Hand und zog ihn neben sich auf einen Stuhl. Ihre Augen strahlten.

Jessica beobachtete die Freundin und den jungen Mann eine Weile und kam zu dem Schluss, dass sie ihn wirklich gern haben musste. So hatte sie Carolin noch nie erlebt. Als die beiden zusammen auf die Tanzfläche gingen, nahm sie sogar freiwillig Ralfs Hand in die ihre, während sie sich durch die Menschen in Richtung Bühne schlängelten. Jessica und Mischa blickten den beiden erstaunt nach.

„Ich glaube, mein Schwesterherz hat es ganz schön erwischt", lächelte Mischa und Jessica nickte zustimmend.

Plötzlich stand jemand hinter ihr und klopfte ihr sachte auf die Schulter. „Hi, Jessy. Möchtest du tanzen?" Jessica drehte sich um. Es war Mike, ein Amerikaner Ende zwanzig, mit dem Jessica schon öfters das Tanzbein geschwungen hatte und den sie schon seit langem kannte.

„Nein danke, Mike."

„Ach komm' schon. Es ist so ein schönes Lied."

Jessica blickte hilfesuchend zu Mischa hinüber, der diesen Blick aber falsch verstand und ihr aufmunternd zunickte, was so viel heißen sollte, wie: „Du kannst ruhig gehen. Ich werde die paar Minuten schon alleine überleben."

„Na was ist, Jessy? Du tanzt doch sonst auch immer so gerne."

„Heute aber nicht!" Ihre Stimme klang wütend und ängstlich zugleich und ihre Hände fingen schon wieder an zu zittern. Ohne Vorwarnung sprang sie von ihrem Stuhl auf und rannte Hals über Kopf aus dem Club. Mike sah ihr verwundert nach, während es Mischa langsam dämmerte, was eigentlich los war.

„Was hat sie denn?" wandte sich Mike jetzt an Jessicas Tischnachbarn.

„Ihr geht es nicht so gut. Ich werde mal nach ihr sehen." Damit stand Mischa ebenfalls von seinem Platz auf und folgte Jessica langsam nach draußen. Er konnte immer noch nicht ganz begreifen, wie Jessica nur wegen einer Aufforderung zum Tanzen so aus dem Häuschen geraten konnte.

Als sich Mischa vor dem Gebäude umblickte, konnte er die Freundin jedoch nirgendwo entdecken.

Daher beschloss er, in Richtung Wald zu gehen. Irgendwo würde er das Mädchen schon finden. Und richtig – kurz darauf sah er Jessica vor sich. Sie saß zusammengekauert auf einem Stein und rührte sich kaum. Mischa wusste sofort, dass sie geweint hatte. „Jessica?"

„Ich habe uns den ganzen Abend verdorben." Sie blickte nicht einmal auf, als die Worte niedergeschlagen aus ihrem Mund kamen.

Mischa war sich nicht sicher, ob sie zu ihm oder sich selbst sprach und kam langsam näher. „Das ist nicht wahr, Jessy. Du hast niemandem den Abend verdorben", sagte er leise. „Komm', lass' uns wieder hineingehen. Es wird dir nichts passieren. – Ich pass' schon auf dich auf", fügte er dann mit einem Grinsen hinzu und hatte das Gefühl, als wenn für den Bruchteil einer Sekunde ebenfalls ein Lächeln über Jessicas Lippen huschte, als sie den Kopf hob.

„Mischa?"

„Ja?"

„Würdest du mit mir tanzen?"

Mischa war erstaunt über diese Frage, ließ sich aber nichts anmerken. „Natürlich. – Wenn du möchtest?"

Jessica nickte nur und zusammen gingen sie langsam zurück zum Club. Als sie aus dem Wald herauskamen, hielt Mischa die Freundin zurück. „Jessy? – Wirst du irgendwann darüber reden?"

Jessica überlegte einen Augenblick und drehte sich dann zu ihm um. „Irgendwann", sagte sie nur, aber für Mischa reichte das.

Auf halbem Weg kamen ihnen Ralf und Carolin entgegen. „Da seid ihr ja. Wir wollten gerade auf die Suche nach euch gehen."

„Keine Angst. Wir gehen schon nicht verloren", lächelte Jessica ein bisschen gezwungen.

„Hast du geweint?" Carolin blickte besorgt in das Gesicht ihrer Freundin.

„Nur ein bisschen. – Bleibt ihr noch draußen?"

„Ja, wir wollten ein bisschen frische Luft schnappen."

„In Ordnung. Bis nachher."

Jessica und Mischa gingen in den Club, während Carolin und Ralf in Richtung Wald gingen, von wo die anderen beiden gerade gekommen waren. Dort setzten sie sich auf eine Holzbank, die unter den Bäumen stand. Eine Weile saßen sie schweigend nebeneinander und genossen die kühle Luft. Nach dem vielen Tanzen tat sie unheimlich gut und Carolin schloss für ein paar Sekunden die Augen. So viele Gedanken schwirrten ihr durch den Kopf. Gedanken, die ihre Freundin betrafen, aber auch Gedanken, die sich hauptsächlich um den jungen Mann neben ihr drehten. Carolin hatte inzwischen festgestellt, dass sich seine Schüchternheit nur auf Menschen bezog, die ihm fremd waren. Sobald er jemanden etwas näher kannte, taute er richtig auf. Inzwischen benahm er sich ganz normal ihr gegenüber und versuchte auch des Öfteren, sie zu necken.

Aber Carolin hatte noch mehr festgestellt: sie war zu dem Schluss gekommen, dass sie ihn wirklich sehr gern hatte, obwohl sie ihn erst seit zwei Wochen kannte. Allerdings war sie sich nicht sicher, ob er das gleiche empfand, wie sie. Sie konnte seine Gefühle einfach nicht richtig einordnen. Während Carolin die Augen wieder öffnete, atmete sie tief die kühle Abendluft ein.

Ralf blickte erstaunt zu ihr herüber: „Was hast du?"

„Ach nichts", meinte Carolin verlegen und sie merkte, wie ihr die Röte ins Gesicht stieg. ‚*Was ist bloß los mit dir, Caro?*', dachte sie irritiert. ‚*Du benimmst dich doch sonst nicht so.*'

Damit hatte sie eigentlich Recht. Es kam so gut wie nie vor, dass sie verlegen wurde oder sogar anfing zu stottern, wie sie es eben fast getan hätte. Irgendwie brachte sie dieser junge Mann ein wenig durcheinander, aber Carolin musste zugeben, dass ihr das aufsteigende Kribbeln im Magen nicht im Geringsten unangenehm war. Im Gegenteil: sie liebte dieses Gefühl.

In diesem Moment nahm Ralf ihre Hand und drehte sich ein bisschen zu Carolin um, damit er ihr in die blauen Augen sehen konnte. „Weißt du eigentlich, dass du mit Abstand das netteste Mädchen bist, das ich je kennengelernt habe?"

Carolin blickte ihn erstaunt an. Sie hatte zwar schon mehrfach Komplimente über ihr Aussehen bekommen, aber sie konnte sich nicht erinnern, einmal ein Kompliment über ihren Charakter bekommen zu haben. Ralf lächelte über ihr Erstaunen und drückte zärtlich ihre Hand. Wieder spürte sie, wie ein Schwarm Schmetterlinge durch ihren Magen flog, und ihr lief ein warmer Schauer über den Rücken.

Sie blickte in seine dunklen Augen, die sie freundlich anstrahlten und jede ihrer Bewegungen zu registrieren schienen. Carolin hatte das Gefühl, als wenn diese Augen eine besondere Anziehungskraft auf sie ausüben würden. Sie konnte ihren Blick einfach nicht von ihnen losreißen und merkte nicht einmal, wie sie sich ihrem Gesicht immer weiter näherten.

Erst als Ralfs warme Lippen die ihren zärtlich berührten, kam sie wieder zu sich und schloss verträumt die Augen, um diesen Kuss vollkommen genießen zu können, während sie ihn ebenso zärtlich erwiderte.

Als sich ihre Lippen wieder voneinander lösten, sahen sich die beiden jungen Menschen einige Minuten lang schweigend an. Dann legte Ralf wortlos seinen Arm um ihre Schultern und Carolin lehnte ihren Kopf an seinen Brustkorb. So saßen sie eine ganze Weile und beobachteten den Sternenhimmel. Ralf zog sie noch ein bisschen näher an sich und lehnte seinen Kopf an den ihren, während das Mädchen seine Hand ergriff, die auf ihrem Oberarm ruhte. Dabei lächelte sie glücklich. Vielleicht hatte sie ja endlich einmal jemanden gefunden, der es nicht nur auf ihr Aussehen abgesehen hatte, sondern dem etwas an ihr selbst lag. Sie hoffte es jedenfalls von ganzem Herzen.

NACHT DES GRAUENS

Während Carolin und Ralf Arm in Arm auf der Bank saßen und vor sich hinträumten, war Mischa zusammen mit Jessica wieder in den leicht abgedunkelten Club getreten. Dort gingen sie auf die Tanzfläche, um einen Line Dance mitzutanzen, der gerade begonnen hatte. Line Dances wurden ohne Partner getanzt. Alle Tänzer und Tänzerinnen standen in mehreren Reihen hinter- und nebeneinander, während sie dieselben Schritte oder Schrittkombinationen ausführten. Diese Tänze machten meistens sehr viel Spaß und auch Jessica und Mischa tanzten sie sehr gerne.

Als das Lied zu Ende war, machten sich die beiden auf den Weg zu ihrem Tisch. Der Diskjockey legte ein weiteres Lied auf, einen langsamen Two-Steps, den man zu zweit tanzte. Mischa ergriff die Gelegenheit und tippte Jessica auf die Schulter. „Du wolltest doch tanzen."

„Ja, klar." Jessica drehte sich um und ging zusammen mit Mischa zurück auf die Tanzfläche. Dieser wusste nicht so recht, wie er sie festhalten sollte, ohne dass sie wieder in Panik geriet. Vorsichtig ergriff er ihre rechte Hand, während er die seine sachte um ihre Hüfte legte. Jessica fing sofort wieder an zu zittern, biss aber die Zähne zusammen und zwang sich, ihren Körper zu beruhigen. *‚Du hast überhaupt nichts zu befürchten. Also spinn' hier nicht rum'*, sagte sie sich selbst und schluckte den Kloß in ihrem Hals hinunter. Mischa fing an, zu den langsamen Takten der Musik zu tanzen. Er spürte, wie Jessica anfangs etwas steif seinen Bewegungen folgte, doch nach einer Weile ein wenig ruhiger wurde. Am Ende des Liedes hatte sie sogar aufgehört zu zittern, obwohl ihre Schritte noch immer ein wenig unbeholfen wirkten.

Der Discjockey legte ein weiteres, langsames Lied auf und ohne sich abzusprechen, tanzten die beiden einfach weiter. Jessica fing an, sich vollkommen zu entspannen und tanzte nicht mehr so steif wie zuvor, sondern passte sich Mischas geschmeidigen Bewegungen an. Sie fühlte sich so geborgen in seinen Armen, dass sie sich am liebsten nie wieder von ihnen gelöst hätte. Mischa ging es ähnlich wie ihr. Er war kurz davor, Jessica an sich zu ziehen und sie fest an seinen Körper zu drücken. Dennoch hielt er sich zurück und tanzte gleichmäßig weiter.

Das Lied ging zu Ende und er drehte die Freundin zum Abschluss zweimal im Kreis, wie es fast alle anderen ebenfalls taten. Als sie wieder zum Stehen kam, trafen sich ihre Augen für den Bruchteil einer Sekunde und Mischa verspürte den Wunsch, sie zu küssen. Dennoch wandte er den Blick ab und ließ ihre Hand sinken. „Komm', gehen wir zurück", sagte er tonlos und ging ihr voraus in Richtung Tisch.

Jessica nickte nur. Ein merkwürdiges Gefühl hatte sich in ihr breit gemacht, als sich ihre Blicke getroffen hatten. Sie konnte es nicht beschreiben, aber es war ein schönes Gefühl gewesen.

Einige Zeit später gesellten sich auch Ralf und Carolin wieder zu ihnen. Mischa und Jessica bemerkten sofort die Veränderung, die zwischen den beiden vorgegangen war, und als Carolin ihrer Freundin auch noch bedeutungsvoll zuzwinkerte, wusste diese, dass in den letzten Minuten etwas Entscheidendes passiert sein musste.

Lange blieben die beiden jedoch nicht am Tisch sitzen, sondern verschwanden beim nächsten Blues wieder auf der Tanzfläche. Jessica beobachtete gespannt, wie Carolin ihre Arme um Ralfs Hals schlang, während dieser die seinen um ihre schmalen Hüften legte. Jessica huschte ein verträumtes Lächeln über die Lippen, während Mischa mit geschlossenen Augen neben ihr saß und der Musik lauschte.

Die vier jungen Leute tanzten noch einige Line Dances zusammen, bevor sie aufbrachen und zu ihren Autos gingen, die vor dem Gebäude auf dem Parkplatz standen.

„Habt ihr etwas dagegen, wenn ich mit Ralf fahre?", fragte Carolin, als sie in die kühle Nachtluft hinaustraten.

Mischa flog ein Lächeln übers Gesicht; er hatte

fast mit so etwas gerechnet. „Natürlich nicht. Fahr' nur", nickte er dann seiner Schwester zu.

„Aber nicht, dass du auf dumme Gedanken kommst, Caro", grinste Jessica, um ihre Freundin ein wenig zu ärgern.

„Ihr aber auch nicht", antwortete diese schnippisch und drehte sich zu Ralf um, um mit ihm zu dessen Auto zu gehen.

„Wie sie das wohl wieder gemeint hat?", lächelte Mischa amüsiert und ging zu seinem Auto. Jessica folgte ihm grinsend. In ein Gespräch vertieft, verließen sie den Parkplatz und fuhren in Richtung Autobahn. Keiner von beiden bemerkte das Fahrzeug, das ihnen in einigem Abstand folgte.

Nach etwa fünfundzwanzig Minuten hielt Mischa vor dem Gebäude, in dem Jessica wohnte. Ein paar Minuten blieben sie noch im Auto sitzen, um ihre Unterhaltung zu beenden. Zum Abschied umarmte Jessica Mischa kurz und drückte ihm ein Küsschen auf die Wange.

Der Junge wirkte darüber recht erstaunt. „Was war denn das?", fragte er grinsend.

Jessica lächelte ihn an: „Ein kleines Dankeschön."

‚*Dann würde ich gerne mal ein großes erleben*', schoss es Mischa durch den Kopf, aber seine Lippen blieben geschlossen. „Soll ich dich zur Tür bringen?", fragte er dann doch.

„Nein danke, Mischa. Mir wird schon nichts passieren. Du solltest lieber nach Hause fahren und dir Sorgen darüber machen, ob Caro gut nach Hause kommt."

„Ach, mein Schwesterherz weiß schon, was sie tut."

„Bist du dir da so sicher? Liebe macht doch bekanntlich blind."

„Da könntest du allerdings recht haben", sagte Mischa leise, aber Jessica war schon zu weit entfernt, um seine Worte verstehen zu können. Sie lief über die Straße und schloss die Haustür auf. Mischa wartete, bis sie durch den Eingang getreten war, und fuhr dann zu dem Haus seiner Eltern ein paar Straßen weiter. Den Schatten, der sich von einem Gebüsch her dem Haus näherte, während die Haustür noch langsam ins Schloss fiel, bemerkte er nicht mehr.

Jessica lief leise die Stufen hoch, um keinen Krach zu machen und ihre Nachbarn nicht aufzuwecken, denn immerhin war es schon fast zwei Uhr nachts. Als sie ihre Wohnungstür aufschloss, atmete sie erleichtert durch. Der Abend war gar nicht so schlecht gewesen. Er hatte ihr sogar zum größten Teil richtig Spaß gemacht. Und gut nach Hause gekommen war sie auch.

In diesem Moment hörte sie ein Geräusch hinter sich, und als sie sich erschrocken umdrehen wollte, legte sich ihr eine Hand auf den Mund. Eine andere Hand umschlang ihren Oberkörper, sodass sie sich nicht mehr wehren konnte. Aber es hätte auch nicht viel gebracht, wenn sie ihre Arme hätte frei bewegen können, denn sie war vor Schreck wie gelähmt und konnte sowieso keinen Ton herausbringen. Die Hand presste sich so fest auf ihren Mund, dass sie keine Luft mehr bekam. Todesangst machte sich in ihr breit, während sie in ihre eigene Wohnung gezerrt wurde. ‚*Hätte ich doch nur Mischa gebeten, mich nach oben zu begleiten!*', schoss es ihr durch den Kopf, während ihr Tränen in die Augen schossen und sie panisch nach Luft rang.

Inzwischen war Mischa ebenfalls zu Hause angekommen. Zu seinem Erstaunen traf Carolin kurz nach ihm ein und strahlte übers ganze Gesicht.
„Na, konntest du dich von deinem Schwarm wieder losreißen?", neckte er seine Schwester.
„Genau wie du, wie ich sehe", erwiderte sie schnippisch.
„Wie meinst du das?"
„Also hör' mal! Es heißt zwar immer: Liebe macht blind, aber so verliebt bin ich dann wohl noch nicht. Seit einigen Tagen denkst du doch kaum noch an Silvia, dafür aber immer öfter an Jessy, stimmt's?" Carolin sah ihrem Bruder tief in die Augen, während sie das aussprach, was ihr schon die ganze Zeit durch den Kopf ging.
„Merkt man mir das so sehr an?" Mischa wirkte ein bisschen nervös, als er realisierte, dass ihn seine Schwester durchschaut hatte.
„Ich schon. Aber ich glaube, Jessy hat noch nichts

bemerkt. Sie hat im Moment andere Dinge im Kopf."

„Ja, leider. – Wenn ich doch nur dahinterkommen könnte, was eigentlich mit ihr los ist."

„Das würde mich allerdings auch interessieren", gab Carolin zu. „Aber sie will absolut nicht darüber sprechen, und ich denke, das sollten wir akzeptieren. Sie wurde irgendwie verletzt."

„Ja, ich weiß. Ihre Angst scheint allgegenwärtig und bricht bei Kleinigkeiten hervor", stellte Mischa in Erinnerung an die Aufforderung zum Tanzen fest.

„Ich rede nicht von psychischen Verletzungen, Mischa... Heute Abend... als ich mir ihre Bluse ausleihen wollte... da habe ich sie gesehen."

Ihr Bruder horchte auf. „Wen oder was hast du gesehen?"

„Die Verletzungen. Ihr ganzer Rücken ist voll davon. Und am Arm hat sie eine lange Wunde. Sieht aus wie ein Schnitt oder so etwas. Selbst am Bauch habe ich blaue Flecken gesehen. Und da sie in letzter Zeit nie kurze Hosen trägt, vermute ich, dass sie auch an den Beinen Verletzungen hat."

„Du glaubst, dass sie einen Unfall hatte? Oder dass sie vielleicht überfallen oder verprügelt wurde? Aber warum erzählt sie es uns dann nicht?"

„Ich kann es dir nicht sagen, Mischa. Im Moment können wir nichts weiter tun, als für sie da zu sein und hoffen, dass sie irgendwann den Mut findet, sich zu öffnen."

Mischa nickte nachdenklich. Vielleicht war es für Jessica zurzeit wirklich das Beste, wenn er einfach als guter Freund für sie da war, ihr zuhörte und Trost spendete, wenn sie es zuließ. – Und wenn er ganz viel Glück hatte, würde sie seine Gefühle sogar irgendwann einmal erwidern. Er atmete tief durch. Das konnte allerdings noch ein Weilchen dauern!

Carolin schien seine Gedanken zu erraten, denn sie legte ihm tröstend den Arm um die Schulter und lächelte ihm aufmunternd zu. „Glaub' mir, sie hat dich sehr, sehr gern."

„Meinst du?"

Seine Schwester nickte: „Bestimmt. – Sag' mal, bist du mir sehr böse, wenn ich jetzt ins Bett gehe? Ich bin hundemüde." Wie zur Bestätigung gähnte sie herzhaft.

„Kein Wunder. Du hast ja auch den ganzen Abend getanzt. – Schlaf' gut... Und träum' was Schönes."

„Irgendwelche bestimmten Wünsche?", grinste sie vergnügt.

„Ich bin sicher, dass dir schon etwas Passendes einfällt", bemerkte Mischa frech, woraufhin er einen freundschaftlichen Knuff in die Seite bekam. Im nächsten Augenblick war Carolin schon in ihrem Zimmer verschwunden, lugte aber einige Sekunden später noch einmal durch den Türspalt und sagte mit zuckersüßer Stimme: „Schlaf' gut."

Jessica erwachte irgendwann im Dunkeln, da die Rollläden fest geschlossen waren. Sie hatte jedes Gefühl für die Zeit verloren und wusste nicht einmal, wie lange sie bewusstlos gewesen war. Das Letzte, woran sie sich erinnern konnte, waren das ekelhafte Gefühl im Magen und die Schmerzen im Unterleib gewesen. Und dann war ihr plötzlich schwarz vor Augen geworden.

Als sie sich jetzt umblickte, stellte sie erleichtert fest, dass sie alleine war. Mit zitternden Fingern riss sie sich das Heftpflaster vom Mund, das sie am Schreien hindern sollte, und richtete sich in ihrem Bett auf. Wieder fühlte sie das unbehagliche Gefühl in der Magengegend und rannte zur Toilette, um sich zu übergeben. Danach atmete sie erst einmal tief durch, um ein wenig ruhiger zu werden.

Immer noch zitternd streifte sie sich die zerrissenen Kleider vom Leib und ging unter die heiße Dusche. Sie fühlte sich unheimlich schmutzig und wollte versuchen, diesen Schmutz von sich abzuwaschen. In der Duschkabine sackte sie auf den Boden und umklammerte ihre Beine, während der Strom heißen Wassers unaufhörlich auf sie einrieselte.

Als sie eine halbe Stunde später aus der Duschkabine trat, fühlte sie sich schon ein wenig besser. Sie hüllte sich in ihren Bademantel und ging ins Wohnzimmer. Dort setzte sie sich auf die Couch, zog die Beine eng an den Körper und starrte wie apathisch vor sich hin. Nicht einmal mehr weinen konnte sie.

Im Laufe des Vormittages klingelte das Telefon. Jessica stand auf, nahm den Hörer ab und meldete sich mit ihrem Namen.

„Hallo Süße! Wie geht's?" Die Stimme jagte ihr unwillkürlich einen Schauer über den Rücken. Der Frage folgte ein schauderhaftes Lachen.

Ohne auch nur ein Wort zu sagen, knallte Jessica den Hörer auf die Gabel und zog sich in die hinterste Ecke ihres Sofas zurück. Eine Träne der Verzweiflung rollte ihr nun über die Wange und sie wischte sie hastig fort. Kurz darauf klingelte das Telefon ein zweites Mal laut und durchdringend, wie sie fand, und Jessica hielt sich die Ohren zu. „Hör' endlich auf zu klingeln!", schrie sie nach einer Weile das Telefon an, das ja eigentlich gar nichts dafür konnte. Zu ihrem Erstaunen hörte es aber dennoch auf.

Ungläubig ließ Jessica die Hände sinken, um sich zu vergewissern, dass sie sich nicht verhört hatte. Aber es stimmte wirklich: das Telefon stand genauso still auf seinem Platz, wie sonst auch. Erleichtert atmete Jessica tief durch. Dann stand sie auf und ging in ihr Schlafzimmer, um ihr Bett frisch zu beziehen. So wollte sie sich nicht mehr dort hineinlegen.

Als sie fertig war, zog sie sich an und machte sich auf den Weg zu ihren Freunden. Sie hoffte, dass Mischa und Carolin inzwischen wach waren, da es bereits fast Mittag war. Aber Jessica kannte ihre Freunde und lief daher erst einmal um das Haus herum, um zu sehen, ob die Rollläden nach oben gezogen waren. Zu ihrer Freude stellte sie fest, dass die beiden schon wach zu sein schienen. Sie lief zur

Eingangstür und klingelte. Kurz darauf wurde ihr von Carolin geöffnet, die einen kleinen Rucksack in der Hand hielt. „Hallo Jessy. Wie geht's? Hat dich mein Brüderlein heute Nacht gut nach Hause gebracht?"

Jessica schossen einige Bilder der vergangenen Nacht durch den Kopf. Dann lächelte sie ihre Freundin vorsichtig an. „Ja, klar. Du kennst doch Mischa. *Er* würde mir doch nie etwas tun." Jessica legte auf das Wörtchen ‚er' eine besondere Betonung und Carolin sah sie daher fragend an, doch auf ihre Nachfrage schüttelte das Mädchen nur den Kopf. Sie war inzwischen eingetreten und blickte verwundert auf den kleinen Rucksack in Carolins Hand. „Was hast du vor?"

Ihre Freundin blickte zu der Tasche hinab, die sie in den Händen hielt. „Ach das! Ralf hat uns gefragt, ob wir nicht Lust hätten, eine kleine Wanderung zu unternehmen. Mischa hat vorhin schon bei dir angerufen, um dich zu fragen, ob du mitkommen willst. Er hat dich aber nicht erreicht."

„Ja, ich weiß", sagte Jessica, als ihr klar wurde, dass der zweite Anrufer am Vormittag vermutlich Mischa gewesen war. „Ich konnte gerade nicht ans Telefon gehen."

„Na ja. Jetzt bist du ja hier. Mischa wird sich riesig freuen. Er hat gesagt, dass er ohne dich vermutlich nur stören würde. – So ein Quatsch!"

„Na, na", unterbrach Jessica ihre Freundin, „vielleicht hätte er da gar nicht so unrecht. Aber keine Angst, ich würde gerne mitkommen. Frische Luft tut mir bestimmt gut. – Wo wollt ihr denn hin?"

„Zum Fuchstanz."

„Schön. Da war ich schon lange nicht mehr."

Carolin betrachtete ihre Freundin einen Augenblick. Begeisterung war eigentlich etwas anderes. Jessica wirkte irgendwie noch verschlossener, als die letzten Tage und ihr Lächeln aufgesetzt und gezwungen. „Jessy. Ist alles in Ordnung."

„Klar. Was soll schon sein? Alles bestens. Ich freue mich darauf, mit euch zusammen zu sein."

Die drei Freunde packten sich etwas zu essen und zu trinken ein und warteten auf Ralf, der sie um halb eins abholen wollte. Zusammen fuhren sie dann in die Nähe von Falkenstein, wo sie das Auto abstellten und zu Fuß weitergingen.

Mischa, Carolin und Ralf waren gut gelaunt und alberten miteinander herum. Jessica hingegen war während der Wanderung recht schweigsam, versuchte aber, sich nichts anmerken zu lassen und sich wenigstens ab und zu an den Gesprächen oder gegenseitigen Neckereien zu beteiligen. Mit der Zeit wurde sie etwas lockerer; die frische Luft tat ihr gut und die anderen lenkten sie von den Ereignissen der vergangenen Nacht ab.

Sie wanderten eine ganze Weile zusammen durch den Wald, bis sie an eine Weggabelung kamen. Die beiden Pfade, die von dort aus weitergingen, führten jeweils bis zur Spitze des Fuchsberges, auf dem sich ein gemütliches Ausflugsrestaurant befand. Man konnte auch von der anderen Seite des Berges zu Fuß dorthin gelangen, aber die Freunde hatten sich für den längeren Weg entschieden und wollten diese idyllische Landschaft genießen und nicht nur, wie manch andere, wegen des guten Essens und des schönen Ausblickes in das Restaurant gehen.

Da die beiden Wege in etwa die gleiche Länge bis zur Restaurant hatten, wie Carolin den entsprechenden Hinweisschilden entnahm, kam ihr Bruder auf die Idee, dass sie sich ja trennen konnten, um beide Wege auszuprobieren. Später konnten sie sich zu einem gemeinsamen Essen im Fuchstanz treffen.

Die anderen waren von der Idee begeistert, vor allem Carolin und Ralf, die dadurch ein bisschen alleine durch den stillen Wald spazieren konnten. Die vier jungen Freunde trennten sich, nachdem sie Getränke und Kekse aufgeteilt hatten, und machten sich jeweils zu zweit auf den Weg. Jessica blickte ihrer besten Freundin hinterher, wie sie Arm in Arm neben ihrem neuen Freund herlief. Ein Lächeln glitt über ihr Gesicht. Sie freute sich ehrlich für ihre Freundin.

„Ist alles in Ordnung mit dir?", fragte Mischa besorgt, sobald die beiden außer Sichtweite waren. „Du bist heute irgendwie so still. Hast du zu wenig Schlaf bekommen?" Er stand hinter ihr und konnte daher ihren Gesichtsausdruck nicht erkennen, sondern registrierte lediglich, dass sie hinter den beiden anderen her starrte.

„Ja, das wird es vielleicht sein. War spät gestern Abend. Aber, ich bin okay."

„Wollen wir gehen?"

„Ja klar." Jessica drehte sich zu ihm um und lächelte ihn an. Mischa beobachte, wie sie das lange, braune Haar nach hinten warf, während sie auf ihn zukam, sodass es ihr weit über den Rücken fiel. Er mochte diese Geste, die Jessica nur allzu oft durchführte.

„Was ist? Kommst du?", fragte sie amüsiert über seinen Gesichtsausdruck. Erst jetzt merkte er, dass er sie anstarrte und wandte verlegen den Kopf zur Seite.

Eine Weile gingen die beiden schweigend nebeneinander her und hingen ihren eigenen Gedanken nach. Jessica dachte an die vergangene Nacht und ein kalter Schauer lief ihr über den Rücken. Wie sollte das nur weitergehen? Ewig würde sie das nicht durchhalten. Aber zur Polizei gehen konnte sie auch nicht; dafür hatte sie viel zu viel Angst vor Benno und vor dem, was er gedroht hatte, Mischa anzutun.

Jessica dachte zurück an den Abend, an dem sie Benno im Französisch-Kurs kennengelernt hatte. Damals war er nett und zuvorkommend gewesen. Aber dann hatte er diese merkwürden Jungen, diese Rocker, kennengelernt, die Jessica alles andere als sympathisch fand. Aber es waren *seine* Freunde gewesen; sie hatte sich ja nicht zwangsläufig mit ihnen abgeben müssen.

Allerdings hatte sie festgestellt, dass er sich mit jedem Tag zu verändern schien. Er war aufdringlich geworden, obwohl ihm Jessica mehrfach einen Korb gegeben hatte, weil sie einfach noch keine neue Beziehung nach dem Tod von Christoph gewollt hatte, schon gar nicht mit ihm. Ihr wäre auch sonst nie in den Sinn gekommen, mit ihm einmal fest zusammen zu sein. Für sie war er einfach nur ein Kumpel gewesen. Mehr hätte sie nicht zugelassen, schon gar nicht, nachdem er sich so verändert hatte. Aber scheinbar war er der Meinung gewesen, er müsse es mit Gewalt versuchen, wenn sie ihn nicht an sich heranlassen würde.

Jessica blickte zur Seite, wo Mischa neben ihr her schlenderte und leise die Melodie eines bekannten Country-Liedes vor sich hin summte. Wie anders war er doch im Gegensatz zu Benno. Jessica war sich sicher, dass seine Gefühle für sie echt waren und dass er es nicht nur auf eine heiße Nacht abgesehen hatte. Dafür kannte sie ihn zu gut. Aber sie hatte Angst davor, ihren Gefühlen für ihn freien Lauf zu lassen, obwohl sie wusste, dass sie ihm damit weh tat – und sich selbst auch, denn sie empfand mehr für ihn, als sie sich eingestehen wollte.

„Sieh' mal", riss Mischa sie plötzlich aus ihren Gedanken und deutete vor sich auf den Waldweg. Dort saß ein Eichhörnchen-Paar – etwa sechs Meter von ihnen entfernt und starrte die beiden ängstlich an. Mischa und Jessica blieben stehen und gingen in die Knie, damit sie für die kleinen Tierchen nicht so groß und bedrohlich wirkten. Die beiden Eichhörnchen beobachteten sie skeptisch, rührten sich aber nicht von der Stelle.

„Die haben es gut", stellte Jessica leise fest. „Sie verstehen sich auch ohne viele Worte, und Gewalt kennen sie vermutlich auch nicht untereinander."

Mischa blickte zur Seite, gespannt, was nun folgen würde. Aber Jessica schwieg. Er beobachtete sie einen Augenblick und legte dann sachte seinen Arm um ihre Schulter, um sie zu trösten. „Magst du reden?"

Jessica schüttelte den Kopf. „Ich kann nicht. Vielleicht später", antwortete sie und als die beiden wieder aufstanden, verschwanden die Tiere in den Büschen. Das Mädchen lehnte ihren Kopf an Mischas Schulter und zusammen gingen sie weiter durch die Stille, die nur durch das Gezwitscher der Vögel oder das Knacken der Zweige unterbrochen wurde.

Eine halbe Stunde später erblickten sie den Vorplatz, der zum Fuchstanz gehörte. Im Restaurant angekommen, sahen sie sich sorgfältig um, konnten die anderen beiden aber noch nirgends entdecken. Daher suchten sie sich einen Tisch in einer gemütlichen Ecke aus und bestellten sich etwas zu trinken. Kurz darauf trafen auch Ralf und Carolin ein und gesellten sich zu ihnen. Die vier Freunde blieben eine ganze Weile in dem gemütlichen Restaurant, nahmen Kaffee und Kuchen zu sich und scherzten herum. Jessica beteiligte sich nun ebenfalls an der Unterhaltung; ihre trüben Gedanken hatte sie vorerst in ihr Unterbewusstsein verdrängt.

FAHRERFLUCHT

Frisch gestärkt machte sich die kleine Gruppe eine gute Stunde später auf den Rückweg in die Stadt.

„Jessy und ich wollen uns noch ein Video zusammen ansehen", erklärte Mischa seiner Schwester, als sie vor ihrer Haustür anhielten. „Habt ihr Lust, mitzugucken?"

Carolin blickte zu Ralf, der sie liebevoll anlächelte. „Nein, danke. Wir haben noch etwas vor", lächelte sie geheimnisvoll und gab Ralf einen Kuss.

„Viel Spaß", grinste Mischa seine Schwester an und stieg zusammen mit Jessica aus dem Auto.

„Euch auch", lächelte Carolin.

Die vier verabschiedeten sich voneinander. Dann fuhren Carolin und Ralf davon und ließen Mischa und Jessica stehen. Sie blickten dem Fahrzeug nach, bis es um die Ecke verschwunden war und gingen dann ins Haus, wo sie es sich in Mischas Zimmer bequem machten.

Während Jessica einige Zeit später die Videokassette mit einem amerikanischen Musikfilm in den Rekorder legte, besorgte Mischa etwas zu trinken und zu essen für die beiden. Jessica setzte sich auf die Couch und blickte sich in Mischas Zimmer um. Seit er wieder bei seinen Eltern eingezogen war, hatte sie es noch nicht betreten. Sie stellte aber bald fest, dass er es fast genauso wieder eingerichtet hatte, wie in der Zeit, bevor er mit Silvia zusammengelebt hatte.

Wenn man in sein Zimmer eintrat, stand links von der Tür der Kleiderschrank und gegenüber der Tür ein Schreibtisch unter einem großen Fenster. An der linken Wand befand sich das Bett und an der gegenüberliegenden eine Schrankwand, in der Stereoanlage, Fernseher, Videorekorder und jede Menge CDs und Video-Kassetten verstaut waren. Davor hatte er mitten im Zimmer eine Couch und vor dieser einen kleinen, flachen Tisch gestellt. Neben dem Kleiderschrank führte eine Tür in ein Badezimmer, das Mischa mit seiner Schwester teilte. Carolins Zimmer befand sich genau gegenüber dem von Mischas und verfügte ebenfalls über eine Tür, die in dieses Bad führte.

„Hast du die Kassette gefunden?", riss Mischa Jessica aus ihren Gedanken.

„Ja, klar. – Mmh, das sieht aber lecker aus", schwärmte sie, als sie den riesigen Obstteller in Mischas Händen erblickte, auf dem von Äpfeln über Birnen und Mango bis hin zu Weintrauben fast alles vertreten war.

„Ich glaube, da habe ich genau deinen Geschmack getroffen."

„Das weißt du doch, Mischa! So etwas könnte ich jeden Tag essen."

„Aber lass' mir ein bisschen übrig. Ich hab' schließlich auch Hunger."

„Das muss ich mir allerdings erst noch überlegen", grinste Jessica und Mischa stellte die Getränke auf den flachen Tisch vor der Couch. Während Jessica anfing, einen Apfel in handliche, kleine Stücke zu schneiden, beobachtete Mischa sie und stellte dabei fest, dass ihre Augen nicht mehr so ängstlich dreinblickten, wie noch ein paar Stunden zuvor. Vielleicht würde sie ja doch irgendwann wieder das lustige Mädchen von früher sein, immer zu einem Spaß aufgelegt und zu jedem Schabernack bereit. Er würde auf jeden Fall sein Bestes dafür tun, ihr zu helfen – wenn sie es zuließ.

Zusammen sahen sich die beiden ihren Lieblingsfilm an und aßen von den fruchtigen Köstlichkeiten. Während des Filmes rückte Mischa ein bisschen näher und legte den Arm um Jessicas Schultern, während diese ihm eine Weintraube in den Mund steckte. Für einen Moment zuckte sie vor ihm zurück und der Junge hob erschrocken den Arm. Doch kurz darauf ließ sie ihren Kopf zögernd auf seine Schulter sinken. Mischa glitt ein Lächeln übers Gesicht; er hatte verstanden, ließ seinen Arm wieder sinken und drückte sie zärtlich an sich.

Jessica fühlte sich sicher und geborgen in seinen Armen und genoss das warme Kribbeln, das durch ihren Körper floss. Viel zu schnell ging der Film vorüber und nur noch ein schwarzes Flackern glitt über den Bildschirm. Ohne etwas zu sagen, stand

Mischa auf, schaltete den Fernseher aus und legte eine CD in die Stereoanlage. Dann kehrte er zu Jessica zurück, die den Kopf nach hinten gelehnt und die Augen geschlossen hatte. Leise drangen die Töne eines langsamen Liedes zu ihr durch. Sie öffnete die Augen und blickte Mischa fragend an, der sich bereits wieder neben sie gesetzt hatte.

„Würdest du mit mir tanzen?"

„Hier?"

Jessica nickte und Mischa stand ohne ein weiteres Wort auf und zog die Freundin zu sich hoch. Zärtlich schloss er sie in die Arme und sie fingen an, sich zu den langsamen Takten der Musik zu bewegen. Erneut folgte sie ihm steif und verkrampft, bevor sie sich schließlich wieder entspannte. Mischa begann, den Text des Liedes mitzusingen. Seine tiefe, beruhigende Stimme drang leise an Jessicas Ohr und sie lauschte begeistert. Bisher hatte sie Mischa noch nicht beim Tanzen singen hören, obwohl das bei den Jungen im Country-Club keine Seltenheit war.

‚*Ich wünschte, das würde niemals enden*', dachte sie glücklich und schloss verträumt die Augen. Mischa hielt sie fest in seinen Armen und ließ sie erst einige Lieder später wieder los.

Als sie sich wieder hinsetzten, fiel Jessica Blick auf die Uhr, die an der Wand hing. Sie hatte gar nicht bemerkt, wie spät es geworden war. Da sie beide am folgenden Tag wieder arbeiten mussten, hielt sie es für besser, wenn sie sich auf den Weg nach Hause machte, obwohl sie am liebsten nie wieder in diese Wohnung zurückgekehrt wäre. Mischa ließ es sich nicht nehmen, sie zu begleiten und Jessica nahm sein Angebot dankend entgegen. Alleine hätte sie sich viel zu sehr geängstigt und wäre vermutlich den ganzen Weg bis zu ihrer Wohnung gerannt. Mischa begleitete sie bis zu ihrer Wohnungstür und verabschiedete sich mit einem Kuss auf Jessicas Wange, die diesen erwiderte und ihn noch kurz umarmte, bevor sie die Tür schloss und Mischa sich auf den Rückweg machte.

Am nächsten Morgen musste Jessica wieder arbeiten gehen. In dem kleinen Reisebüro in der Altstadt wurde sie herzlich von ihren Kollegen und Kolleginnen empfangen, die sich freuten, dass Jessica wieder mit von der Partie sein würde, nachdem sie seit zwei Wochen nicht da gewesen war. Jessica hatte ihren Mitarbeitern nicht erzählt, warum sie krank gewesen war, aber ihre Kollegen bemerkten dennoch, dass sie nicht das lustige und immer zu Scherzen aufgelegte Mädchen von früher war, führten das aber auf die gerade überwundene Krankheit zurück. In einigen Tagen würde sie sicherlich wieder die alte sein.

Jessica gab sich Mühe, sich auf ihre Arbeit und ihre Kunden zu konzentrieren, aber ab und zu ertappte sie sich dabei, wie ihre Gedanken zu dem gemeinsamen Abend mit Mischa zurückschweiften. Zu ihrem Erstaunen tauchte dann aber auch immer wieder ein anderes Gesicht in ihrem Kopf auf, das sie unwillkürlich erschaudern ließ. Die wiederholte Drohung, dass Mischa etwas Schlimmes passieren könnte, hallte dann ebenfalls in ihrem Kopf nach. So auch am späten Nachmittag, als Jessica gerade ihre Ablage erledigen wollte. Sie merkte, wie sie eine Gänsehaut bekam und schüttelte energisch den Kopf, um das Bild aus ihren Gedanken zu verbannen. Als sie die Augen wieder öffnete, musste sie feststellen, dass das Gesicht immer noch nicht verschwunden war und langsam wurde ihr bewusst, dass es der Realität entsprang. Kaum merklich zuckte sie zusammen und verkrampfte sich. Schnell nahm sie den Stapel Papier, den sie in der Ablage verstauen wollte, und verschwand in den hinteren Teil der Büroräume. Als sie zehn Minuten später wieder nach vorne ging und vorsichtig in den Verkaufsraum schielte, war Benno glücklicherweise verschwunden. Erleichtert atmete sie tief durch und packte ihre Sachen zusammen, während eine Kollegin die Tür abschloss und das Rollgitter herunterließ. Kurz darauf verabschiedeten sie sich voneinander und Jessica machte sich auf den Heimweg.

Ein paar hundert Meter von ihrem Arbeitsplatz entfernt in einer Seitengasse, stellte sich ihr eine Gestalt in den Weg und grinste sie höhnisch an. Jessica blieb abrupt stehen und starrte in Bennos Gesicht. „Was willst du?", fragte sie ängstlich.

„Nichts Besonderes. – Ich wollte dich nur an dein Versprechen erinnern. Du hast es doch nicht vergessen?", fragte Benno, während er mit seinen kräftigen Händen ihr Kinn ergriff, um ihr Gesicht zu sich zu drehen, damit sie ihn ansehen musste.

Jessica schüttelte ängstlich den Kopf und versuchte, sich aus seinem Griff zu befreien. „Bitte geh'! Ich werde schon nichts sagen!"

Mit einem falschen Lächeln schaute er sie an: „Ich werde dich doch nicht alleine gehen lassen. Dir könnte etwas Schlimmes zustoßen."

„Das einzig Schlimme, was mir jemals zugestoßen ist, bist du!", sagte Jessica wütend und war selbst erstaunt, wie fest ihre Stimme in diesem Moment klang. Aber im nächsten Augenblick bemerkte sie ihren Fehler und wünschte, sie hätte besser den Mund gehalten.

Jessica wusste nicht genau, was sie im Gesicht getroffen hatte und gegen die Wand taumeln ließ. Sie hatte das Gefühl, es wäre ein Baseballschläger gewesen. Für einige Sekunden war sie wie betäubt; dann richtete sie sich langsam wieder auf und blickte zu Benno, der sie mit funkelnden Augen anstarrte und sich kaum noch beherrschen konnte. Jessica war klar, dass er sie vermutlich an Ort und Stelle halb totgeschlagen hätte, wenn nicht einige Menschen auf der Straße herumgelaufen wären. Mit zitternden Knien und Tränen in den Augen drehte sie sich um und ging mit schnellen Schritten weiter. Sie war nicht sicher, ob ihr Benno vielleicht folgen würde und drehte sich daher einige Meter weiter noch einmal um, aber Benno war nirgends zu entdecken. Nur die Menschen, die gerade von der Arbeit oder vom Einkaufen kamen, liefen eilig durch die Straßen. Von dem kleinen Zwischenfall schien jedoch niemand etwas bemerkt zu haben.

Als Jessica bei ihrer Wohnung ankam, blickte sie sich erneut um, um sicher zu gehen, dass ihr Benno nicht gefolgt war. Aber er ließ sich nicht blicken. Erleichtert schloss sie ihre Wohnungstür auf. Auf dem Anrufbeantworter war eine Nachricht von Carolin gespeichert, die sie für den Abend zum Essen eingeladen hatte. Sie wollte zusammen mit Ralf und ihrem Bruder grillen, und da durfte ihre beste Freundin natürlich nicht fehlen.

Jessica freute sich über die Einladung und rief gleich bei Carolin an, um ihr Bescheid zu geben, dass sie so gegen sieben Uhr kommen wollte. Danach machte sie sich ein wenig in ihrer Wohnung nützlich, während im Hintergrund schnelle Country-Musik aus der Stereoanlage klang, und Jessica sich zwang, diese fröhlich mitzusingen. Ihren Zusammenstoß mit Benno hatte sie danach fast wieder vergessen, obwohl ihr die Stelle im Gesicht immer noch brannte, wo sie mit dessen Faust Bekanntschaft geschlossen hatte.

Gegen halb sieben zog sie sich um, bedeckte die roten Striemen auf ihrer Wange mit etwas Make-up und machte sich auf den Weg zu ihren Freunden. Da sie nur einen kurzen Fußmarsch voneinander entfernt wohnten, zog Jessica es vor, das Auto auf seinem Parkplatz stehen zu lassen, und stattdessen die frische Abendluft zu genießen. Voller Vorfreude auf Mischa schlenderte sie gemütlich die Straßen entlang und trällerte ein bekanntes Lied vor sich her, als ihre Stimme durch lautes Motorengeräusch übertönt wurde, das sich ihr von hinten näherte.

‚*Immer diese Raser*‘, dachte Jessica und schüttelte empört den Kopf. Gleich darauf beschlich sie jedoch ein ungutes Gefühl. Sie blieb stehen und drehte sich um. Im nächsten Augenblick wurde sie aber auch schon von der Maschine erfasst, flog durch die Luft und landete hart auf dem Pflaster. Dabei schlug sie mit dem Kopf gegen die Bordsteinkannte und blieb bewusstlos liegen.

Als Jessica um halb acht immer noch nicht bei ihren Freunden eingetroffen war, machte sich Carolin allmählich Sorgen um die Freundin. Sie beschloss, bei ihr anzurufen und zu fragen, ob sie es sich vielleicht anders überlegt hatte. Doch als das Telefon einige Male geklingelt hatte, sprang der Anrufbeantworter an; ein Zeichen dafür, dass Jessica nicht zu Hause war. Es kam recht selten vor, dass das Gerät lief, wenn sich die Freundin in ihrer Wohnung befand. Carolin ging zu den beiden Jungen zurück und berichtete ihnen, dass Jessica nicht zu Hause war.

„Ach mach' dir keine Sorgen, Caro", versuchte Ralf seine Freundin wieder aufzumuntern.

Mischa nickte zustimmend, jedoch mehr um sich selber zu beruhigen, denn ein ungutes Gefühl beschlich den jungen Mann. „Sicherlich hat sie sich nur ein bisschen verspätet und ist gerade auf dem Weg zu uns. Bestimmt wird sie gleich an der Tür stehen und klingeln." Während Mischa diese Worte sprach, blickte er erwartungsvoll zur Haustür hinüber, als ob er Jessica dadurch herbeizaubern könnte. Aber die Klingel blieb stumm, kein Laut war zu hören, mit Ausnahme eines Martinshorns, dass irgendwo durch den Ort hallte.

Um die Stille zu unterbrechen, versuchte Ralf eine Unterhaltung in Gang zu setzen, merkte aber sehr schnell, dass die Geschwister besorgt in ihre Gedanken versunken waren und immer wieder Richtung Tür starrten. „Mischa?", wandte er sich daraufhin an Carolins Bruder, „vielleicht solltest du Jessy einfach entgegengehen. Nur um sicherzustellen, dass nichts passiert. Caro und ich machen dann schon mal das Essen fertig, damit alles bereit ist, wenn ihr kommt."

„Das ist vielleicht gar keine schlechte Idee. Ich bin gleich wieder zurück." Noch während er die Worte sprach, war er bereits aufgesprungen und an die Haustür geeilt. Kurz darauf befand er sich schon mit schnellen Schritten auf dem Weg zu Jessicas Wohnung.

Als er um die nächste Ecke bog, erblickte er das

Polizeiauto, das mit Blaulicht am Straßenrand parkte. Ein Polizist befragte gerade einige Passanten und Mischa bemerkte die kleinen Blutflecken am Fahrbahnrand. Eine dunkle Vorahnung beschlich den jungen Mann und er ging auf den Polizisten zu, um ihn zu fragen, was passiert war. Der Mann blickte ihn unfreundlich an; er hasste es, wenn er durch neugierige Passanten von seiner Arbeit abgehalten wurde. Doch dann sah er Mischas besorgten Gesichtsausdruck und gab widerwillig Auskunft: „Ein junges Mädchen ist von einem Fahrzeug angefahren worden."

„Jessica!", entfuhr es Mischa leise.

„Sie kennen das Mädchen?" Der Polizist war sofort hellhörig geworden.

„Sie ist meine Freundin. – Ist sie schwer verletzt?"

Der Polizist registrierte den geschockten Ausdruck im Gesicht des jungen Mannes und empfand nun doch ein wenig Mitleid mit ihm. „Nicht lebensgefährlich, wenn Sie das meinen", erklärte er, während er ihn auf einen großen Stein drückte, damit er nicht plötzlich umfiel. „Sie ist ins städtische Krankenhaus gebracht worden. – Aber vielleicht können Sie mir helfen. Wir haben lediglich einen amerikanischen Ausweis gefunden. Können Sie mir sagen, wie und wo ich ihre Angehörigen erreichen kann?"

„Ihre Eltern leben in den Staaten, aber sie sind zurzeit auf einer Kreuzfahrt und telefonisch nicht erreichbar. Ansonsten hat Jessy nur noch mich und meine Schwester." Mischa gab dem Beamten seinen Namen und seine Adresse, damit dieser ihn erreichen konnte, wenn er noch Fragen hatte, und machte sich dann auf den Rückweg, um sein Auto zu holen und ins Krankenhaus zu fahren. Ralf und seiner Schwester erzählte er in kurzen Worten, dass die Freundin einen Unfall hatte und versprach, anzurufen, sobald er etwas Näheres wüsste.

Jessica war erst im Krankenwagen wieder zu sich gekommen. In ihrem Kopf drehte sich alles, ihr war schlecht und die Schmerzen in ihrem Arm waren die Hölle. Man hatte ihn zwar mit einer Schiene ruhiggestellt, aber Jessica hatte das Gefühl, als wenn jemand mit einem Hammer darauf herumklopfen würde. Erschöpft schloss sie die Augen wieder und versuchte, die Schmerzen zu ignorieren.

Im Krankenhaus wurde sie erst einmal untersucht. Jessica hatte Glück im Unglück gehabt; außer einer Platzwunde am Kopf, einer Gehirnerschütterung und einem gebrochenen Arm hatte sie keine schweren Verletzungen davongetragen. Lediglich noch ein paar Prellungen, die aber in einigen Tagen wieder vergessen sein würden. Der Arm allerdings würde ein wenig länger dauern, erfuhr Jessica von dem behandelnden Arzt. Er musste erst chirurgisch gerichtet werden und es würde einige Wochen dauern, bis der komplizierte Bruch vollständig verheilt wäre.

Jessica lag bereits in einem Zimmer, als es an der Tür klopfte und einen Moment später Mischa vor ihrem Bett stand. Er war sehr blass und besorgt blickte er die Freundin an.

„Mischa? Woher weißt du denn...?" Mit schmerzverzerrtem Gesicht brach sie mitten im Satz ab. Die schnelle Bewegung, die sie gemacht hatte, hatte ihr Kopf nicht ganz verkraftet. Sie schloss für einige Sekunden die Augen, um die Kopfschmerzen und das Schwindelgefühl zu unterdrücken, hatte damit allerdings nicht allzu viel Erfolg. Mischa setzte sich zu ihr auf die Bettkannte und nahm tröstend ihre gesunde Hand, während er ihr einen zärtlichen Kuss auf die Wange gab.

„Schön, dass du da bist", hauchte sie leise.

„Wenn du auch immer solche Dummheiten machst. – Was ist denn eigentlich passiert?"

„Ich weiß auch nicht so genau. Das einzige, an das ich mich erinnern kann, ist das Motorengeräusch, das auf mich zukam. Dann bin ich plötzlich durch die Luft geflogen und auf den Boden geknallt. Tja, und dann setzt es aus – mehr weiß ich auch nicht."

„Hat der Fahrer des Fahrzeuges den Notarzt gerufen?"

„Ich habe keine Ahnung. Ich bin erst im Krankenwagen wieder zu mir gekommen."

„Na ja, ist ja im Moment auch egal", stellte Mischa fest, der gemerkt hatte, wie anstrengend die Unterhaltung für Jessica war.

„Du, Mischa? Sei mir bitte nicht böse, aber ich bin

unheimlich müde:"

„Schon in Ordnung. Mach' ruhig die Augen zu und versuche, ein bisschen zu schlafen. – Darf ich noch etwas dableiben? Ich werde dich auch nicht stören."

Jessica nickte und Mischa gab ihr einen Kuss auf die Stirn. Er blieb noch eine ganze Weile und streichelte sanft ihre linke Hand, während Jessica langsam aber sicher einschlief.

Erst viel später machte er sich auf den Heimweg, wo er von seiner Schwester und deren Freund schon sehnsüchtig erwartet wurde. In der Aufregung hatte er ganz vergessen, dass er versprochen hatte, bei ihnen anzurufen, sodass die beiden immer noch nicht wussten, was eigentlich passiert war und wie es Jessica ging. Als Mischa nach Hause kam, musste er erst einmal berichten, was er wusste.

DIE SCHRECKLICHE WAHRHEIT

Am späten Nachmittag des folgenden Tages bekam Jessica Besuch von einem Polizisten, der sie über den Unfallhergang befragen wollte. Es handelte sich um Fahrerflucht und es hatte keine Zeugen gegeben, die das beteiligte Fahrzeug oder dessen Fahrer beschreiben konnten. Den Notarzt hatte ein vorbeikommender Jogger gerufen, der Jessica vermutlich nur wenige Minuten nach dem Unfall auf der Straße gefunden hatte.

Kurz nachdem der Polizist eingetroffen war, klopfte es erneut an der Tür und eine Krankenschwester trat mit einem Strauß Nelken und einem Umschlag ein. Sie stellte die Blumen in eine Vase und gab Jessica den Umschlag. „Das ist eben für dich abgegeben worden. Der junge Mann meinte, du solltest es gleich lesen. Es sei sehr wichtig."

„Na gut", murmelte Jessica und blickte auf den Blumenstrauß. Wer kam nur auf die Idee, ihr Nelken zu schenken? Es war doch eigentlich bekannt, dass sie Nelken nicht ausstehen konnte. Mit der linken Hand öffnete sie den Umschlag und zog eine kleine Karte heraus. Der Polizist wartete geduldig, während Jessica die Zeilen las. Die Karte war nicht gerade sehr ordentlich beschrieben. Es stand lediglich ein Satz darauf:

*Dein Neuer könnte
weniger Glück haben!*

Unterschrieben war das Kärtchen nur mit *Ein Freund*, doch Jessica war sich sicher, dass der Schreiber alles andere als ein Freund war.

In diesem Moment schoss ihr der Unfall wieder durch den Kopf. Sie hatte sich umgedreht, bevor sie von der Maschine erfasst worden war, und für den Bruchteil einer Sekunde hatte sie das Fahrzeug gesehen. Jetzt fiel ihr wieder ein, dass es ein schwarzes Motorrad mit bunten Streifen auf der Seite gewesen war. Jessica wusste nur zu gut, wem dieses Motorrad gehörte und sie war sich sicher, dass dieser Jemand auch der Fahrer der Maschine und der Absender der Blumen gewesen war.

Der Polizist bemerkte die Veränderung in Jessicas Gesicht und sprach sie daraufhin an: „Schlechte Nachrichten, Fräulein Brown?"

„Nein, nein. Es ist alles in Ordnung. Ich habe nur Schmerzen im Arm", log sie. Jessica hatte die Warnung auf der Karte nur allzu gut verstanden und das Gefühl, sie ernst nehmen zu müssen. Die Schmerzen in ihrem Arm klangen durchaus glaubwürdig, da sie erst am vergangenen Morgen operiert worden war.

Jessica beschloss, dem Beamten nichts von ihrem plötzlichen Erinnerungsvermögen zu erzählen. Sie berichtete ihm lediglich, dass sie sich nur daran erinnere, dass sie ein Motorrad hörte, welches mit relativ hoher Geschwindigkeit die Straße entlangraste. Als sie sich habe umdrehen wollen, wäre es schon zu spät gewesen und sie könne sich weder an die Farbe des Fahrzeuges, noch an den geflüchteten Fahrer erinnern. Der Polizist gab sich damit zufrieden; was hätte er auch anderes tun können?

Als er sich von dem jungen Mädchen verabschiedet hatte, lehnte sich Jessica in ihrem Bett zurück und nahm die Karte erneut in die Hand. Sie grübelte lange darüber nach, wie sie den Drohungen und tätlichen Angriffen entkommen könnte, aber sie fand keinen Ausweg. Benno war im Stande, seine Drohungen wahr zu machen und Jessica zweifelte nicht im Geringsten daran, dass er Mischa etwas Schlimmeres antun würde, als er es bei ihr getan hatte – etwas viel Schlimmeres.

Als ihre Freunde einige Zeit später zu Besuch kamen, versteckte sie die Karte schnell in ihrem Nachttisch, damit die beiden sie nicht zu Gesicht bekamen. Doch als Mischa ihr wenig später das Buch, das er und seine Schwester zusammen mit ein paar Kleidern für Jessica mitgebracht hatten, in die Schublade legen wollte, fiel sein Blick doch auf die Karte. Jessica hatte es nicht mitbekommen, da sie sich gerade mit Carolin unterhielt und den Kopf abgewandt hatte.

Mischa verlor kein Wort über seine Entdeckung. Er beschloss, Jessica später danach zu fragen, wenn es ihr wieder ein bisschen besser ging.

Am Ende der Woche war Jessica wieder zu Hause. Ihre Freunde hatten sie täglich im Krankenhaus besucht und halfen ihr auch jetzt, wo sie konnten, da Jessica mit ihrem Gips-Arm anfangs einige Probleme hatte. Aber mit Mischas und Carolins Hilfe kam sie ganz gut zurecht.

Mischa kam am Samstagabend zu Jessica in die Wohnung, um zusammen mit ihr zu kochen. Danach wollten sie sich einen Film ansehen, den Mischa in der Videothek besorgt hatte. Carolin und Ralf waren wie jedes Wochenende in den Country-Club gefahren. Seine Freundin konnte aber an diesem Abend noch nicht mitkommen, da sie noch krankgeschrieben war und außerdem immer noch an den Folgen eines Schädel-Hirn-Traumas litt. Mit ihren Kopfschmerzen war laute Musik und Tanzen wohl eher nicht angebracht. Daher hatte Mischa beschlossen, ihr ein wenig Gesellschaft zu leisten und die beiden Turteltauben alleine gehen zu lassen. Er wäre sich im Club vermutlich sowieso ein wenig überflüssig vorgekommen.

Die beiden aßen gemeinsam einen leckeren Auflauf, den Mischa vorbereitet hatte, und sahen sich einige Zeit später einen romantischen Liebesfilm an. Mischa hatte dabei den Arm um seine Freundin gelegt, während diese ihren Kopf an seine Schulter schmiegte. Der junge Mann gab ihr einen zärtlichen Kuss auf ihr Haar und streichelte sanft ihren

Oberarm. Jessica spürte wieder dieses angenehme Kribbeln, dass ihr durch den Körper floss und wünschte sich, dass es immer so sein könnte. Aber sie wusste auch, dass das lediglich ein Traum war und dass die Wirklichkeit sie schneller wieder einholen konnte, als ihr lieb war. Mischa hörte den ganzen Film lang nicht auf, ihren Arm zu streicheln und Jessica dachte nicht einmal daran, ihn daran zu hindern. Seine zärtlichen Berührungen waren wunderschön und langsam wurde ihr bewusst, dass sie begann, sich in ihn zu verlieben.

Während der Nachspann des Filmes über den Bildschirm lief, schaltete Jessica den Fernseher aus und machte Musik an, um sich dann wieder auf den Platz neben Mischa sinken zu lassen, der seinen Arm erneut um ihre Schultern legte. Schweigend lehnten sie die Köpfe aneinander und hingen jeder seinen Gedanken nach, während die langsamen Takte der Musik auf sie einrieselten.

Einige Zeit später hob Mischa langsam den Kopf und blickte Jessica in die Augen. Sanft strich er ihr das glänzende Haar aus der Stirn und ließ seine Finger über ihren Hinterkopf bis zu ihrem Nacken gleiten. „Jessica, ich…" Er stockte und brach mitten im Satz ab. Scheinbar wusste er nicht so genau, wie er sich ausdrücken sollte. Jessica blickte ihn mit offenen Augen an und ein sanftes Lächeln glitt über ihre Lippen.

„Ich weiß", sagte sie leise und legte zärtlich ihre

Hand an seine Wange. Mischa schien ein wenig erstaunt aber auch erleichtert zu sein und zog ihren Kopf langsam zu sich heran. Während sich ihre Lippen näherten, schloss Jessica die Augen.

In diesem Moment begann das Telefon laut und durchdringend zu klingeln und die beiden zuckten erschrocken zusammen. Mischa ließ die Freundin unwillkürlich los, während Jessica erst einige Sekunden benötigte, um überhaupt zu begreifen, woher das Geräusch kam. Dann rappelte sie sich auf, ging auf das Telefon zu und nahm den Hörer ab.

Am Ende der Leitung war lediglich ein Stöhnen zu vernehmen, gefolgt von einem grellen Lachen, das Jessica wieder einmal einen eiskalten Schauer über den Rücken jagte. Mit zitternden Fingern legte sie den Hörer zurück auf die Gabel und versuchte, sich ihre Nervosität nicht anmerken zu lassen.

„Wer war es denn?", fragte Mischa, der gerade aus der Küche zurückkam, wohin er in der Zwischenzeit das schmutzige Geschirr gebracht hatte.

„Falsch verbunden", brachte Jessica mit zitternder Stimme hervor, woraufhin Mischa sofort hellhörig wurde. Er beschloss, sie endlich zur Rede zu stellen; die romantische Stimmung war ohnehin zum Teufel.

Mischa setzte sich zurück auf das Sofa und zog die Freundin neben sich. Einen Augenblick beobachtete er ihr Gesicht und merkte, wie sie mit sich selber kämpfen musste. „Warum lügst du mich an?", fragte er mit leiser, ruhiger Stimme.

Jessica war verwundert über diese direkte Frage. Damit hatte sie am allerwenigsten gerechnet. „Was meinst du?", brachte sie nach ein paar Sekunden heraus.

Mischa nahm ihre Hand in die seine und streichelte sie sanft. Dann blickte er ihr mit offenen Augen ins Gesicht und sagte ruhig, aber bestimmt: „Du weißt verdammt nochmal sehr gut, was ich meine. Deine Finger sind eiskalt und du zitterst am ganzen Körper. Erzähl' mir nicht, dass man das tut, wenn sich jemand verwählt hat. Seit Wochen bist du unheimlich schreckhaft geworden und hast ständig irgendwelche ominösen Unfälle und Verletzungen. Du hattest plötzlich panische Angst vor Berührungen und hast sogar jemanden angeschrien, nur weil er mit dir tanzen wollte. Das ist nicht die Jessica, die ich glaubte, gekannt zu haben. Das ist ein total verängstigtes Mädchen, das mir immer fremder wird. – Jessy, du hattest einmal großes Vertrauen zu mir und ich verstehe nicht, warum du mir jetzt plötzlich nicht mehr vertrauen kannst. Was ist bloß geschehen? Wer hat dir das alles nur angetan?"

Er machte eine kurze Pause, in der Hoffnung auf eine Reaktion. „Verdammt, Jessica! Ich liebe dich und ich kann nicht länger mit ansehen, wie du dich quälst! Ich möchte doch nichts weiter, als dir helfen. Kannst du das denn nicht endlich begreifen?" Mischa hatte sich richtig in Rage geredet und Jessica war erstaunt und gleichzeitig auch gerührt über seine ehrlichen Worte. Sie hatte ihn noch nie so viel auf einmal reden hören. Scheinbar machte er sich wirklich große Sorgen um sie. „Bitte, Jessy! Erzähle mir, was passiert ist." Seine Stimme klang nun fast flehend.

„Ich kann nicht", entschuldigte Jessica sich leise.

„Warum nicht?" Jessica schwieg und senkte den Kopf, woraufhin Mischa seine Hände auf ihre Schultern legte und sie vorsichtig schüttelte, damit sie wieder zu sich kam und ihn ansah. „Warum nicht?", fragte er erneut – diesmal etwas eindringlicher.

„Er wird dir etwas antun", brachte Jessica nach einer Weile verzweifelt hervor und einige Tränen rollten ihr über die Wangen.

Mischa blickte sie erstaunt an, aber dann erinnerte er sich wieder an die Karte in Jessicas Nachttisch im Krankenhaus. „Wer? Der gleiche, der dir die Karte geschrieben hat?"

„Welche Karte?"

„Die in deinem Schrank im Krankenhaus."

„Du weißt davon?" fragte Jessica erstaunt.

„Ja, ich habe sie durch Zufall entdeckt. – Also, ist es der Gleiche?"

Jessica nickte. Die Tränen rollten über ihr Gesicht und sie konnte ihm keine Antwort geben. Wortlos nahm Mischa die Freundin in die Arme und streichelte ihr sanft über den Rücken. Als sie sich wieder einigermaßen beruhigt hatte, schob er sie einige Zentimeter von sich weg, um ihr in die Augen sehen zu können. „Jessy, ich verspreche dir, dass er mir nichts antun wird. Aber du musst mir erzählen, was passiert ist."

Jessica nickte und dann brachen die ganzen Geschehnisse der vergangenen Wochen aus ihr heraus. Sie erzählte ihm, wie sie Benno kennengelernt hatte, was sie zusammen unternommen und wie er sich plötzlich so zu seinem Nachteil verändert hatte, nachdem er seine neuen Freunde kennengelernt hatte.

Dann berichtete sie, was alles passiert war, als sie ihn zurückgewiesen hatte, von den ständigen Telefonanrufen bis hin zu dem Abend, an dem für sie das wirkliche Grauen begonnen hatte. Jessica erschauderte, als sie an die betreffende Nacht zurückdachte und stoppte für einige Sekunden ihre Erzählung, um ihre Stimme wieder unter Kontrolle zu bekommen. Dann berichtete sie von dem Sonntag, an dem Mischa und seine Schwester ihre Eltern zum Flughafen gebracht hatten, weil diese in den Urlaub geflogen waren.

An diesem Tag war Jessica mit Benno verabredet gewesen. Er hatte sich wieder einmal bei ihr für sein Benehmen entschuldigen wollen und sie waren zusammen ins Kino gegangen. Hinterher hatte er sie noch in seinen Wohnwagen gebeten, weil er angeblich ihren Rat bezüglich der Fortführung des Französischkurses benötigte. Und sie war auch noch auf ihn hereingefallen und mitgegangen! Aber Jessica war schnell klargeworden, dass dies nur ein Vorwand gewesen war, denn Benno war dort ziemlich schnell sehr aufdringlich geworden, nachdem sie dort alleine gewesen waren. Das Mädchen hatte ihn energisch zurückgewiesen, und versucht, ihm zu erklären, dass er sie ein für alle Mal in Ruhe lassen sollte. Doch Benno hatte nicht locker gelassen und schließlich gemeint, sie solle sich doch nicht so anstellen, während Jessica um sich geschlagen und versucht hatte, sich aus seinem Griff zu befreien. Aber jeder Widerstand war zwecklos gewesen. Benno hatte die Kraft eines Stieres und sie ohne Schwierigkeiten an sein Bett gefesselt. Jessica war in dieser Nacht von ihm mehrfach vergewaltigt worden – und er hatte auch noch Gefallen daran gefunden. Das Mädchen hatte nicht die Spur einer Chance gehabt, sich dagegen zu wehren und musste die Schmerzen und Demütigungen eine Ewigkeit über sich ergehen lassen.

Als Benno endlich genug gehabt hatte, hatte er ihr eingeschärft, niemandem ein Wort über die Geschehnisse in seinem Wohnwagen zu erzählen, da er sonst nicht wüsste, was er mit ihr machen würde. Jessica war es vorgekommen, als wären Stunden vergangen, bis er endlich von ihr abgelassen und sie schließlich aus ihrer liegenden Stellung befreit, aber gleich darauf wieder an den Händen gefesselt hatte. Zusätzlich hatte er ihr noch die Augen verbunden, sodass sie nichts mehr hatte sehen können. Jessica hatte dies ohne Widerstand geschehen lassen, denn inzwischen hatte sie weder die Kraft noch den Mut mehr gehabt, sich gegen Benno zur Wehr zu setzten. Endlich hatte er sie zu sich auf sein Motorrad gesetzt und Gas gegeben.

Jessica hatte inständig gehofft, dass er irgendwo anhalten und sie absteigen lassen würde. Wo, war ihr egal gewesen, sie hatte einfach nur von ihm weg gewollt. Aber Benno hatte sich gar nicht die Mühe gegeben, irgendwo anzuhalten, sondern ihr die Fesseln gelöst und sie einfach von der fahrenden Maschine gestoßen, woraufhin sie eine steile Böschung hinuntergestürzt war und sich dabei ihre Arme und ihren Rücken verletzt hatte. Vollkommen erschöpft und verängstigt war sie liegen geblieben und hatte einfach nur noch sterben wollen.

Am nächsten Morgen war das Mädchen von Passanten gefunden und ins Krankenhaus gebracht worden, wo sie mehrere Tage verbracht hatte, damit ihre Wunden versorgt werden konnten. Von der Vergewaltigung hatte sie jedoch niemandem etwas erzählt.

Als Jessica ihren Bericht, den sie nur stockend und mit vielen Unterbrechungen vorgetragen hatte, beendete, machte sie erneut eine Pause, um sich die Tränen wegzuwischen, die inzwischen ohne Pause über ihre Wangen rollten. Anschließend erzählte sie Mischa noch von den weiteren Vergewaltigungen in ihrer eigenen Wohnung nach dem Club-Besuch, dem Zwischenfall auf offener Straße, von dem Unfall am vergangenen Montag und den Blumen, die Benno ihr zusammen mit der Warnung ins Krankenhaus geschickt hatte. Und schließlich von dem Telefonanruf, den sie an diesem Abend erhalten hatte.

Mischa hörte seiner Freundin die gesamte Zeit über schweigend und aufmerksam zu, ohne sie nur einmal zu unterbrechen. Auch, als Jessica zwischendurch eine Pause machte, weil die Tränen ihre Stimme erstickten, schwieg er und streichelte lediglich beruhigend ihre zittrige Hand. Er hätte auch gar nicht gewusst, was er sagen sollte, so erschüttert war er von ihren Worten. Er konnte sich nicht erklären, wie sie es so lange ausgehalten hatte, ohne mit jemanden über die Ereignisse gesprochen zu haben. Als Jessica mit ihrem Bericht zu Ende war, nahm er sie wortlos in die Arme und drückte sie einfach fest an sich. Seine Augen waren ebenfalls feucht geworden und er wischte die Tränen hastig weg, um sie vor Jessica zu verbergen. Kurz darauf hatte er sich wieder im Griff und wartete geduldig, bis Jessicas Tränen versiegten. Dann schob er sie sanft von sich weg und blickte ihr in das fleckige Gesicht: „Du musst zur Polizei gehen!", sagte er eindringlich.

Jessica hob den Kopf und blickte in seine dunklen Augen, die sie, immer noch entsetzt über das eben Gehörte, anblickten. Sie bemerkte auch das verräterische Glitzern, das die Tränen in seinen Augen hinterlassen hatten und eine Welle der Zuneigung schwappte durch ihren Körper. „Ich würde es nicht ertragen, wenn er dir etwas antut", flüsterte sie kaum hörbar.

Mischa war gerührt über diese Worte, aber ihm war klar, dass er sie irgendwie überzeugen musste.

„Hier geht es aber nicht um mich, sondern um dich. So kann es doch nicht auf Dauer weitergehen. Wir müssen ihn stoppen! Vergiss einfach, was er mir antun könnte."

„Ich kann aber nicht", antwortete Jessica verzweifelt und leiser fügte sie hinzu: „Ich liebe dich doch!"

Überrascht von diesen offenen Worten war Mischa für einen Moment sprachlos. Sein Herz machte einen aufgeregten Hüpfer. „Ich liebe dich doch auch", sagte er dann verzweifelt, „und deshalb werde ich nicht zulassen, dass dieser Mensch dich weiterhin terrorisiert, misshandelt und verletzt. Du musst dich endlich wehren!"

„Aber…", setzte Jessica erneut an, wurde aber sofort von Mischa unterbrochen: „Nein Jessica! Du musst dem Ganzen ein Ende setzen!"

„Vielleicht hast du Recht", gab sie schließlich zu und Mischa lächelte sie aufmunternd an: „Ganz bestimmt sogar." Sanft streichelte er ihre Wange und dann endlich trafen sich ihre Lippen zu einem langen, zärtlichen Kuss. Mischa versuchte, seine ganzen Gefühle für das Mädchen in seinen Armen in diesen Kuss zu legen und Jessica erwiderte ihn ebenso gefühlvoll. Ein aufgeregtes Kribbeln lief durch seinen Körper und das Ziehen in seiner Leistengegend verriet ihm, dass nicht nur sein Herz sich zu ihr hingezogen fühlte. Er drängte das Verlangen energisch zurück; dafür war es nicht der richtige Zeitpunkt. Auch Jessica bemerkte seine

Erregung und war erleichtert, dass er das Verlangen bekämpfte. Nach den Erfahrungen der letzten Wochen war sie noch nicht bereit für diesen Schritt. Dankbar blickte sie in seine Augen, in denen seine Gefühle deutlich zu lesen waren.

„Versprichst du mir etwas?", fragte sie leise.

„Alles, was du willst."

„Pass' auf dich auf. Ich will nicht, dass dir etwas passiert.

„Dito", lächelte er und gab ihr einen weiteren Kuss auf die immer noch feuchte Nasenspitze. Jessica schmiegte ihren Kopf an seine warme Brust und schloss die Augen. Lange saßen sie so auf der Couch und genossen die Zweisamkeit. Mitternacht war schon lange vorbei, als Mischa schließlich seine Freundin sanft von sich wegschob und sich erhob.

„Ich würde gerne bleiben, aber ich glaube nicht, dass das so eine gute Idee wäre", sagte er mit einem schelmischen Grinsen auf dem Gesicht. Jessica verstand, was er meinte und war ihm unheimlich dankbar dafür. „Ich hole dich morgen früh ab und wir gehen gemeinsam zur Polizei, okay?" fragte er dann. Jessica nickte. Sie war immer noch nicht hundertprozentig überzeugt, dass das eine gute Idee war, sah aber ein, dass sie keine andere Wahl hatte. Sie brachte Mischa zur Tür und er gab ihr zum Abschied einen allerletzten Kuss auf die Lippen.

„Schließe bitte hinter mir ab, okay?"

Jessica bemerkte den besorgten Ton in seiner Stimme. „Mach' ich."

Mischa trat aus der Tür und Jessica schloss diese hinter ihm. Als er sich der Treppe zuwandte, öffnete sich die Tür erneut. „Mischa?"

„Ja?"

„Ich liebe dich!" Die Zärtlichkeit, die sie in diese drei Worte gelegt hatte, ließen ihm das Herz aufgehen. Er lächelte sie liebevoll an: „Ich weiß."

Grinsend schloss Jessica die Tür und Mischa wartete, bis er den Schlüssel im Schloss hörte, bevor er sich der Treppe erneut zuwandte. Als er sich auf den Heimweg machte, schwebte er wie auf Wolken. In Gedanken versunken schlenderte er die Straße entlang und überhörte beinahe das Knattern des Motorrades, das sich ihm von hinten näherte.

ENTFÜHRT

Als Mischa das Fahrzeug bemerkte, war es schon fast neben ihm und schlagartig schoss dem Jungen Jessicas Warnung in den Kopf. Geistesgegenwärtig sprang er zur Seite in einen Busch, aber das Motorrad fuhr auf der Fahrbahn an ihm vorbei und weiter die Straße entlang. Er atmete erleichtert auf und kletterte wieder zurück auf den Gehweg.

„Sind wir ein wenig schreckhaft heute Abend?", hörte er in diesem Moment eine spöttische Stimme hinter sich.

Auch ohne sich umzudrehen, wusste er bereits, zu wem diese Stimme gehörte, die ihm unwillkürlich eine Gänsehaut über den Rücken jagte. Dennoch wirbelte er herum und blickte Benno trotzig entgegen: „Was willst du?", fragte er mit fester Stimme und blickte sich unauffällig um. Aber um diese Zeit war die Straße menschenleer und er sah auch keine Lichter mehr hinter den Scheiben der nahegelegenen Häuser. Auf spontane Hilfe durfte er wohl nicht hoffen. Er betrachtete Benno und war daraufhin überzeugt, dass er es im Notfall mit ihm aufnehmen könnte. Mischa war kein Schwächling und konnte seinem Gegner einiges entgegensetzen.

„Ein schöner Plan, den ihr zwei Turteltauben euch da ausgedacht habt", stellte Benno fest und Mischa konnte den Hass aus jeder Silbe dieses Satzes heraushören.

„Was für einen Plan?", fragte Mischa verständnislos. Bennos Augen sprühten Funken, als er mit spitzer Stimme weiterredete: „Ich liebe dich Mischa, ich würde es nicht ertragen, wenn er dir etwas antut."

Mischa konnte sein Entsetzen nicht ganz verbergen, als ihm klar wurde, dass er scheinbar irgendeine Form von Abhörgerät in Jessicas Wohnung installiert haben musste, als diese nach seinem letzten Überfall bewusstlos in ihrem Bett gelegen hatte. Er hatte sie heute Abend belauscht und wusste daher, dass Jessica ihm alles erzählt hatte und dass sie morgen zur Polizei gehen wollten. Mischa verfluchte sich selber, dass er nicht gleich die Polizei gerufen hatte, sondern erst morgen mit Jessica zur Dienststelle fahren wollte.

Ein zufriedenes Lächeln glitt über Bennos Gesicht, als er die Erkenntnis in Mischas Zügen ablesen konnte. „Ich habe die Schlampe oft genug gewarnt. Jetzt muss sie mit den Konsequenzen leben", stieß er mit zusammengebissenen Zähnen hervor. Mischa machte sich auf Bennos Angriff bereit, um diesen abzuwehren, aber im nächsten Moment wurden ihm von hinten die Arme auf den Rücken gerissen, sodass er meinte, seine Gelenke knacken zu hören.

„Nicht doch", zische es hinter ihm und in der nächsten Sekunde bekam Mischa auch schon von Benno einen heftigen Schlag in den Magen, der ihm die Luft wegnahm. Er sackte vorn über auf die Knie und versuchte, wieder Luft zu bekommen, als ihn von hinten ein Tritt in den Rücken traf und er nach vorne kippte, während ihm ein gehässiges Lachen in den Ohren widerhallte. Weitere Tritte prasselten von allen Seiten auf ihn ein. Mit den Armen versuchte er, seinen Kopf so gut es ging zu schützen und krümmte sich auf dem Boden zusammen, in der Hoffnung, die Männer würden irgendwann von ihm ablassen. Mischa brachte immer noch keinen Ton heraus und auch seine Angreifer vermieden es, laute Geräusche zu verursachen, sodass niemand seine missliche Lage bemerkte. Als die Männer schließlich von einem bellenden Hund in der Ferne kurz abgelenkt wurden, versuchte Mischa sich hochzustemmen, um zu fliehen. Aber Benno bemerkte seinen Versuch und sein nächster Tritt traf Mischa mitten ins Gesicht. Wie ein Sack fiel dieser erneut auf den Asphalt und blieb benommen liegen. Er spürte noch etwas Warmes über sein Gesicht laufen, bevor ihn ein weiterer Tritt gegen den Kopf mit Dunkelheit umhüllte.

Nachdem sie die Haustür sorgfältig abgeschlossen hatte, ging Jessica ins Bad, um sich fürs Bett fertig zu machen. Sie fühlte sich so gut wie schon lange nicht mehr. Das Mädchen war mit ihren Problemen und ihrer Angst nicht mehr allein und das gab ihr neue Zuversicht. Sie würden gegen ihren Peiniger vorgehen und mit etwas Glück würde dieser für lange

Zeit hinter schwedischen Gardinen verschwinden. Jessica dachte an die zärtlichen Küsse, die sie von Mischa erhalten hatte und an die verlegene Röte in seinem Gesicht, als er gegen die eindeutigen Zeichen seines Körpers angekämpft hatte. Ein Lächeln flog über ihr Gesicht, als sie daran zurück dachte. Sie schloss die Augen und stellte sich vor, wie es wohl sein würde, wenn sie ihrem Verlangen freie Bahn ließen. Dann tauchte für den Bruchteil einer Sekunde ein anderes Gesicht vor ihrem inneren Auge auf: das von Christoph.

Als sie damals im Sommerurlaub mit Chris zusammengekommen war, hatte dieser sich große Mühe gegeben, dass sie ihr erstes Mal in schöner Erinnerung behalten konnte. Sie hatte nur ein einziges Mal mit ihm geschlafen, in der Nacht bevor sie ihn zum Bahnhof gebracht hatte und es war sehr schön gewesen. Jessica dachte gerne daran zurück. Sie fühlte sich ein wenig schuldig, dass sie nun mit Mischa zusammen sein wollte, aber als sie sich Chris' Gesicht erneut ins Gedächtnis rief, lächelte dieser sie an und nickte ihr aufmunternd zu. Und mit einem Mal war sie sich sicher, dass er nichts dagegen hätte... dass er sich sogar für sie freuen würde und mit einem dankbaren Lächeln auf den Lippen schlief sie endlich ein. Das erste Mal seit langer Zeit hatte sie keinen Albtraum, sondern träumte von Mischa und von Christoph, der ihnen seinen Segen gab und sich darüber freute, dass die beiden Menschen, die ihm zu Lebzeiten so viel bedeutet hatten, nun zueinander fanden. Es war ein wunderschöner Traum und seine Nachwirkungen dauerten auch noch an, als Jessica am Morgen erwachte.

Dennoch spürte sie nach dem Wachwerden ein Unbehagen, das sich aus ihrem Magen in ihre Brust ausweitete. Was war nur los? Eben war doch noch alles in Ordnung gewesen. Unruhig wälzte sie sich im Bett herum, konnte jedoch nicht wieder einschlafen. Schließlich hielt sie das Gefühl nicht mehr aus und kletterte aus dem Bett. Vorsichtig suchte sie die Wohnung ab, überprüfte die Fenster und sogar die Haustür. Alles schien in Ordnung zu sein und sie konnte sich nicht erklären, wodurch ihre Unruhe ausgelöst worden war. Erneut versuchte sie, wieder einzuschlafen, aber das ungute Gefühl ließ sie nicht zur Ruhe kommen. Schließlich gab sie es auf und kletterte erneut aus dem Bett. Mit einem Seufzen ging sie ins Badezimmer, duschte und zog sich an. Das war zwar mit dem Gips nicht so einfach, aber eine Plastiktüte verhinderte, dass dieser nass wurde. Sie brauchte länger als normal, aber schließlich hatte sie es geschafft. Das mulmige Gefühl hatte sie aber nicht abwaschen können.

Konnte sie Mischa jetzt schon anrufen? Ein Blick auf die Uhr belehrte sie eines Besseren. Es war gerade einmal sechs Uhr morgens. Mischa war zwar ein Frühaufsteher, aber er hatte ihre Wohnung erst vor wenigen Stunden verlassen und schlief sicher noch tief und fest. Sie musste sich wohl noch etwas gedulden. Nervös setzte sie sich auf die Couch und beobachtete, wie sich der Zeiger der Uhr viel zu langsam für ihren Geschmack weiterbewegte.

Um sich die Zeit zu vertreiben, dachte sie über die Aussage nach, die sie später bei der Polizei machen wollte. Dabei fiel ihr ein, dass sie keinerlei Beweise für Bennos Schuld hatte. Natürlich gab es die Aufzeichnungen des Krankenhauses, die ihre Aussage unterstützen würden, aber es gab keinerlei Beweise, dass Benno dafür verantwortlich war. Jessica hatte den Ärzten nichts von der ersten Vergewaltigung gesagt und infolgedessen waren die Ärzte von einem normalen Sturz die Böschung hinunter, sprich von einem Unfallereignis ausgegangen. Es wurden daher weder Abstriche vorgenommen, noch hatte man sie gynäkologisch untersucht. Auch von dem Überfall in ihrer Wohnung gab es keine Beweisstücke. Jessica hatte nach der Tortur lange und ausgiebig geduscht und damit alle möglichen Spuren beseitigt. Die zerrissene Kleidung hatte sie weggeworfen. Bei dem Unfall gab es ebenfalls keine Zeugen und langsam dämmerte es Jessica, dass es außer ihrer Aussage keinerlei Beweise für einen bestimmten Täter gab.

Vielleicht war es doch keine so gute Idee, zur Polizei zu gehen. Was, wenn Aussage gegen Aussage stand oder die Polizei ihr nicht glaubte? Dann würde alles nur noch schlimmer werden und Jessica war sich nicht sicher, ob Benno sie in seiner Wut dann nicht vielleicht sogar umbringen würde.

„Na wenigstens hätte die Polizei dann vielleicht ein paar Spuren, die du nicht mehr zerstören könntest", sagte sie grimmig zu sich selber. Warum war sie nur so doof gewesen und hatte alles vernichtet?

Oder gab es vielleicht doch noch irgendwelche Spuren? Sie wusste, dass Benno bei der ersten Vergewaltigung in ihrer Wohnung ein Kondom benutzt hatte, bei den weiteren Übergriffen war er ohne in sie eingedrungen. Es könnten also Spuren auf der Bettwäsche vorhanden sein. Aufgeregt lief sie in die Waschküche und wühlte durch die schmutzige Wäsche, die sie noch nicht gewaschen hatte. Sie hatte das Bett in dieser Nacht abgezogen, weil es ihr schmutzig vorkam, nachdem Benno sie darin vergewaltigt hatte. Zu ihrer Enttäuschung fand sie die Bettbezüge jedoch bereits in ihrem Trockner vor. Sie kramte weiter und zu ihrer Freude fand sie das Laken noch ungewaschen zwischen der Kochwäsche. Mit spitzen Fingern nahm sie das Betttuch und steckte es in eine Plastiktüte, die sie zur Polizei mitnehmen wollte. Vielleicht gab es ja doch noch eine Spur, die Bennos Schuld beweisen konnte.

Dann fiel ihr das Kondom wieder ein. Sie hatte nach der Vergewaltigung kein Kondom in ihrem Müll gesehen. Hatte Benno es etwa mitgenommen oder lag es vielleicht noch irgendwo in einer Ecke? Jessica machte sich auf die Suche, schaute unter dem Bett und in den Ecken, konnte aber nichts finden. Hinter dem Mülleimer im Badezimmer entdeckte sie schließlich, was sie suchte. Scheinbar hatte Benno versucht, das Kondom im Müll zu entsorgen und es versehentlich daneben geworfen. Schnell holte sie eine Zip-Loc-Tüte und beförderte das Beweisstück hinein. Ihr drehte sich der Magen um und beinahe hätte sie sich übergeben, als sie an die Nacht zurückdachte, in der sie den Gegenstand das letzte Mal gesehen hatte. Sie spürte wieder die Schmerzen im Unterleib, als Benno gewaltsam in sie eingedrungen war und schüttelte die Erinnerung energisch ab.

Als sie zurück ins Wohnzimmer ging, hielt sie die Tüte vor sich hoch und sagte laut: „So Benno, jetzt haben wir dich! Da drin wird die Polizei bestimmt noch jede Menge Spuren von dir finden. War wohl doch keine so gute Idee, das Kondom hier zu entsorgen." Mit einer teuflischen Befriedigung legte sie das Beweisstück zu der Tüte mit dem Bettlaken, das sie später mitnehmen wollte. Jetzt hatte sie eine reelle Chance, falls die Polizei Spuren von Benno nachweisen konnte.

Inzwischen war es fast acht Uhr geworden und Jessica ging zum Telefon, um ihren Freund anzurufen. In diesem Moment klingelte dieses bereits und voller Euphorie nahm sie den Hörer von der Gabel. Es gab eigentlich nur einen, der sie Sonntag früh anrufen konnte.

„Du glaubst nicht, was passiert ist...", begrüßte sie den Anrufer stürmisch, doch ihre Gesichtszüge entglitten ihr, als sie die Antwort vernahm.

„So, tue ich das?" Jessica war sofort klar, dass es nicht Mischas Stimme war, die ihr da antwortete und sie brachte kein weiteres Wort heraus. „Ich fürchte, dein Liebhaber ist derzeit etwas... unpässlich."

Jetzt wusste Jessica endlich, was ihr ungutes Gefühl ihr hatte sagen wollen. „Was hast du mit ihm gemacht?", brachte sie stotternd hervor und wischte sich die schweißnassen Hände an der Hose ab.

„Och, nichts", antwortete Benno. Die Angst in ihrer Stimme befriedigte ihn zutiefst. Nach einer kurzen Pause fuhr er fort: „Oder sagen wir besser: noch nichts. Er hat nur ein bisschen Kopfschmerzen und wartet auf dich. Sei in einer Stunde auf dem Parkplatz vorm Supermarkt, okay? Dann bringe ich dich zu ihm. Vergiss die Polizei, vielleicht lasse ich ihn dann leben."

Jessica nickte, obwohl Benno das natürlich nicht sehen konnte. Dann fragte sie leise: „Woher weiß ich, dass du die Wahrheit sagst?"

„Dir bleibt wohl nichts anderes übrig, als mir zu vertrauen.", lachte Benno. „Und Jessica... bring das Kondom mit, das du gefunden hast!"

Die Frage, woher er das wusste, blieb ihr im Halse stecken. Sie hörte das Klicken in der Leitung und wusste, dass er aufgelegt hatte. Der Hörer fiel ihr aus der Hand und landete mit einem Knall auf dem Boden. Tränen verschleierten ihren Blick. Er hatte es tatsächlich getan. Benno hatte seine Drohung wirklich wahr gemacht! Und sie war schuld!

Hätte sie Mischa bloß nichts erzählt. Jetzt war es zu spät. Sie musste Mischa da wieder rausholen, egal was es kostete. Mit einem tiefen Atemzug zwang sie sich zur Ruhe. Sie musste überlegt an die Sache rangehen. Nur dann hatten sie eine Chance. Als erstes musste sie herausfinden, ob Mischa nicht friedlich in seinem Bett lag und schlief, und Benno sich die ganze Sache nur ausgedacht hatte, um sie von ihrer sicheren Wohnung wegzulocken. Sie hob den Hörer auf und wählte mit zitternden Fingern die Nummer, die sie seit Jahren auswendig kannte. Es dauerte eine Weile, bis eine verschlafene Stimme sich meldete.

„Ja?"

„Hallo Caro. Entschuldige, ich wollte dich nicht wecken." Jessica überlegte blitzschnell, wie sie die gewünschte Auskunft erhalten konnte, ohne dass Caro Verdacht schöpfen würde. „Mischa wollte mich heute abholen und ich wollte ihn fragen, ob er mir noch eine CD mitbringen kann. Ist er schon auf dem Weg?"

„Moment..." Jessica hörte, wie Carolin durch das Haus schlurfte, bevor sie sich erneut meldete. „Nee du, der scheint schon unterwegs zu sein. Sein Bett ist gemacht und seinen Schlüssel konnte ich auch nicht am Haken finden.

„Danke." Jessicas Herz rutschte ihr in die Hose. Es war also doch wahr. Dann hatte sie plötzlich eine Idee: „Du Caro. Wir werden vermutlich den ganzen Tag unterwegs sein. Könntest du vielleicht heute

Nachmittag meine Wellensittiche füttern? Du hast doch meinen Ersatz-Schlüssel?" Sie wusste, dass Carolin in ihrem verschlafenen Zustand die Sinnlosigkeit ihrer Worte nicht gleich erfassen würde und baute darauf.

„Ja klar, mache ich. Gute Nacht." Damit hatte sie aufgelegt. Jetzt wurde es Zeit, ihren Plan in die Tat umzusetzen. Schnell rannte sie ins Badezimmer. Verdammt, sie hatte doch irgendwo noch die Kondompackung, die Chris letzten Sommer gekauft hatte. Fieberhaft wühlte sie in ihren Sachen und zog schließlich die Packung hervor, die zwar inzwischen abgelaufen war aber für ihre Zwecke reichte. Hektisch zerrte sie ein Kondom hervor, öffnete die Verpackung, entrollte es und knäulte es dann zusammen, so dass es benutzt aussah. Während sie es in eine weitere Zip-Loc-Tüte stopfte, klingelte das Telefon erneut.

„Ja?", meldete sie sich.

„Glaubst du mir jetzt endlich? Dir scheint ja mehr an dem Wohl deiner Geier als dem deines Freundes zu liegen." Bennos Stimme jagte Jessica einen Schauer über den Rücken.

„Woher...?", begann sie überrascht.

„Ich weiß alles!", stellte Benno mit Nachdruck fest. „Du hast noch 35 Minuten." Damit legte er auf.

Jessica starrte auf den Hörer. Woher zum Teufel wusste er von dem Gespräch mit Caro? Und dann machte es auch bei Jessica wie schon zuvor bei Mischa Klick und sie begriff. Jetzt war ihr auch klar, woher Benno von dem Kondom wusste. Sie selber hatte es ja laut und deutlich gesagt.

‚Ohrfeigen sollte man dich', dachte Jessica wütend. Ihre Angst war mit einem Mal verflogen. Jetzt galt es nur noch, Mischa zu retten.

Hastig schnappte sie sich einen Block und schrieb in wenigen Zeilen eine Nachricht für Carolin, in der sie schilderte, was in den letzten Wochen passiert war und mit der Anweisung, die beiden Beweisstücke umgehend zur Polizei zu bringen. Sie legte die Sachen neben den Vogelkäfig, damit Carolin sie auf jeden Fall sehen würde. Hoffentlich ging ihr Plan auf! Sie schaute auf ihre Armbanduhr: noch zwanzig Minuten. Jetzt musste sie aber dringend los.

Hastig schnappte sie sich ihren Autoschlüssel und stürmte aus der Wohnung. Nach einer halsbrecherischen Fahrt durch die leeren Straßen bog sie auf den Parkplatz des Supermarktes ein, wo sie von einem Motorradfahrer erwartet wurde.

„Du hast dir aber mächtig Zeit gelassen. So weit kann es mit der Liebe ja nicht her sein!"

„Halt' deine blöde Fresse. Hier bin ich und hier ist dein verdammtes Präservativ!" Jessica wusste selber nicht genau, woher sie plötzlich den Mut nahm. Wütend schlenderte sie die Tüte mit dem Kondom vor Bennos Füße: „Wo ist Mischa?"

„Der wartet sicher schon sehnsüchtig auf dich. Hier – zieh' den an. Wir wollen doch nicht von einer Funkstreife angehalten werden." Mit einem gehässigen Grinsen warf er Jessica einen Helm zu.

Widerwillig setzte sie ihn auf und bemerkte, dass das Sichtfenster mit einer Folie beklebt war, die sie daran hinderte, etwas zu erkennen.

„Ich kann gar nichts sehen", stellte sie daraufhin fest und Benno lachte spöttisch: „Das ist ja auch der Sinn des Ganzen. Jetzt steig' endlich auf!"

Unsicher tastete sie sich vorwärts und Benno half ihr auf seine Maschine. „Festhalten!", rief er und gab sofort Gas. Jessica klammerte sich mit der unverletzten Hand an ihm fest, was gar nicht so einfach war. Verzweifelt versuchte sie, nicht herunterzufallen und gleichzeitig herauszufinden, wo sie hinfahren könnten, hatte jedoch schon nach wenigen Minuten die Orientierung verloren. Sie konzentrierte sich auf Geräusche und Gerüche, um wenigstens einen kleinen Anhaltspunkt zu finden, wohin es ging.

Nach endlosen Minuten bemerkte sie, wie Benno langsamer wurde. Dann hielt er an und zerrte sie grob von der Maschine. Er führte sie in ein Gebäude und dann durfte sie endlich den Helm abnehmen. Obwohl es dämmrig war, konnte sie erkennen, dass sie sich in einer alten Fabrik- oder Lagerhalle befinden musste. Auf dem Boden lagen verteilt einige alte Matratzen. Auch einen Kühlschrank, einen Tisch und einen Fernseher gab es. Überall lagen Bierflaschen herum. In einer Ecke stand ein Stuhl, auf dem zusammengekauert eine Person hockte, die an Armen und Beinen gefesselt war.

„Mischa!", schrie Jessica auf und riss sich mit

einem Ruck von Benno los.

Sie stürmte auf das Häufchen Elend zu, das langsam seinen mit Blut verschmierten Kopf hob, als sie ihren Ruf ausstieß. Ein schwaches Lächeln glitt über seine geschwollenen Züge. „Jessica", hauchte er und das Mädchen strich ihm liebevoll über das zerschundene Gesicht. Langsam kam Mischa zu vollem Bewusstsein. „Was machst du denn hier? Warum bist du nicht zur Polizei gegangen?", fragte er vorwurfsvoll.

Jessica wollte ihm antworten, aber Benno kam ihr zuvor: „Weil du das nicht überlebt hättest, Milchbubi", grinste er und schlug Mischa erneut ins Gesicht. „Weiber sind ja so berechenbar."

„Rühr' ihn nicht an!", schrie Jessica mit wutverzerrtem Gesicht und gab Benno einen solchen Stoß vor die Brust, dass dieser ein paar Schritte nach hinten taumelte. Verdattert starrte der Mann sie an, während Mischa seine Freundin voller Stolz anblickte. Das war seine Jessica.

Benno brauchte nur wenige Sekunden, bis er sich gefangen hatte, sprang auf und drehte Jessica den gesunden Arm auf den Rücken, sodass sie vor Schmerz laut aufschrie. Gleichzeitig holte er mit der anderen Hand aus und schlug erneut auf Mischas Gesicht, der sich aber rechtzeitig wegdrehte.

„Tu ihm nicht weh – bitte!", schluchzte Jessica unter Schmerzen.

Benno schien nachzudenken. „Du hast Recht. Ich weiß etwas Besseres."

„Was hast du vor?", fragte sie mit einer dunklen Vorahnung.

„Das kommt ganz auf dich an, Süße. Wir wollen nur ein bisschen feiern und wenn du lieb bist, lassen wir euch dann vielleicht sogar wieder gehen Ich hatte sowieso nicht vor, noch länger in diesem Kaff zu bleiben."

MISSBRAUCHT

Mischa stieß einen Wutschrei aus und überflutete Benno mit sämtlichen Schimpfwörtern, die er im Repertoire hatte, während er, inzwischen durch den Adrenalinschub wieder völlig klar im Kopf, verzweifelt gegen seine Fesseln ankämpfte. Mit einem kräftigen Stoß beförderte Benno Jessica auf eine der Matratzen und zückte ein Messer, das er drohend vor Mischa hielt, der abrupt mit seinen Beschimpfungen aufhörte. „Stopft ihm endlich das Maul!"

Jetzt erst bemerkte Jessica zwei weitere Männer, die in der Dunkelheit nicht zu sehen gewesen waren. Einer von ihnen zog Mischas Kopf nach hinten, während ihm der zweite mit Klebeband den Mund verschloss. Benno fuchtelte ihm mit dem Messer vorm Gesicht herum: „Möchtest du, dass ich deiner Freundin das Gesicht aufschlitze?", flüsterte er so leise, dass Jessica ihn nicht hören konnte.

Mischas Augen weiteten sich und er schüttelte energisch den Kopf. „Dann reißt du dich jetzt wohl besser ein wenig zusammen", sagte er drohend und drehte sich dann ohne ein weiteres Wort um. Entmutigt senkte Mischa den Kopf und zwang sich, ruhig nachzudenken. Es musste doch irgendeine Möglichkeit geben, zu entkommen.

Währenddessen ging Benno auf Jessica zu und

sagte: „Können wir jetzt endlich mit unserer Party beginnen oder muss ich diesen Waschlappen erst in Streifen schneiden und auf den Grill werfen?" Zur Unterstützung seiner Worte legte er das Messer auf ihren Oberarm, doch so, dass er sie nicht verletzte.

„Ich tu alles, was du willst", flüsterte sie – genauso entmutigt wie ihr Freund – und senkte ergeben den Kopf.

„So ist es brav", grinste Benno und leckte ihr über das Gesicht. Jessica ließ es geschehen, obwohl sich ihr der Magen umdrehte. Sie ahnte, was auf sie zukommen würde, aber sie musste mitmachen, sonst war Mischa verloren. „Na also", stellte Benno befriedigt fest, ließ aber von ihr ab und fesselte sie mit dem gesunden Arm an einen Pfeiler, der neben ihr stand. „Wir wollen doch nicht, dass du die Party vorzeitig verlässt", erklärte er ihr und erhob sich dann, um sich mit seinen Freunden den Bierflaschen im Kühlschrank zuzuwenden.

Jessica drehte ihren Kopf ein wenig und suchte Mischas Blick. Er nickte ihr aufmunternd zu. Auch ihm war klar, was Benno mit ihr vorhatte, und die Hilflosigkeit der Situation machte ihn fast wahnsinnig. Er musste unbedingt versuchen, sich zu befreien. Vielleicht konnte er dann wenigstens das Schlimmste verhindern. Verzweifelt aber heimlich zerrte er an seinen Fesseln, aber die Seile schienen nicht nachgeben zu wollen. Die drei Rocker widmeten sich ausgiebig den Bierflaschen und als sie immer betrunkener wurden, hatte Jessica schon die

Hoffnung, dass sie einfach irgendwann einschlafen würden und sie oder ihr Freund eine Möglichkeit finden würden, zu entkommen. Aber als Benno schließlich auf sie zu torkelte, verflog diese Hoffnung schnell wieder. Jessica ahnte, was jetzt passieren würde aber sie konnte sich selbst in ihren schlimmsten Träumen nicht mal ansatzweise vorstellen, was er wirklich in seinem kranken Hirn ausgebrütet hatte.

Benno kniete sich neben sie, zog wieder sein Messer hervor und öffnete ihr mit ein paar Schnitten das Oberteil und den BH. Jessica drehte angewidert den Kopf zur Seite, damit sie ihn wenigstens nicht anblicken musste, während er ihre Brüste anfasste und ihr über die Brustwarzen leckte. Übelkeit stieg in ihr auf und sie betete im Stillen, dass es so schnell wie möglich vorbei sein würde.

Mischa kämpfte derweil immer noch gegen die Fesseln an, die ihm inzwischen tief in die Handgelenke schnitten. Aber er spürte den Schmerz kaum. Er konnte seinen Blick nicht von der Szene abwenden, die sich vor ihm abspielte. Durch seine verzweifelten Versuche, sich zu befreien, kippelte er mit dem Stuhl hin und her und verursachte dadurch ein Geräusch, auf das Benno aufmerksam wurde. Abrupt ließ er von Jessica ab und wandte sich dem kämpfenden Jungen zu: „Jetzt pass' mal gut auf, mein Lieber", lallte er mit zuckersüßer Stimme. „Vielleicht kannst du noch etwas lernen. Wenn wir mit ihr fertig sind, wird sie wenigstens richtig eingeritten sein". Er lachte gehässig, während Mischa starr vor Schreck aufgehört hatte, an seinen Fesseln zu zerren.

‚*Oh, mein Gott*‘, schoss es ihm durch den Kopf, ‚*er wird doch nicht… Er hat WIR gesagt*! ‘ Bevor Mischa den Gedanken auch nur zu Ende denken konnte, hatte sich Benno erhoben, war auf Jessica zugetreten und hatte ihr die Hose über die Knöchel gestreift. Dann öffnete er die Handschellen, mit der er sie an dem Pfeiler festgemacht hatte, ließ diese auf den Boden fallen und zog das Mädchen unsanft hoch, wobei er ihr auch die Reste ihres Oberteils vom Körper riss. Das Mädchen wurde zu dem Tisch gestoßen, der nur wenige Meter von Mischas Gefängnis entfernt stand. Er stieß sie nach hinten, sodass sie mit einem Knall auf der Tischplatte aufschlug und für einige Sekunden benommen liegenblieb. Mit einem kräftigen Ruck zerriss er ihren Slip und rief dann lallend: „Leute, es ist angerichtet!"

Jessica riss die Augen auf und versuchte erneut, sich zu wehren, während Bennos Kumpels auf sie zu geschlurft kamen. Noch im Laufen öffnete der eine seine Hose.

Während der andere ihre Beine festhielt, sprang Benno trotz seines Zustandes mit erstaunlicher Gelenkigkeit an das Kopfende und kniete sich auf ihre Arme, um sie an der Gegenwehr zu hindern. Zu ihrem Entsetzten öffnete er dabei auch noch seinen Hosenstall und ließ sein Glied über ihr Gesicht streichen.

Jessica musste würgen und drehte den Kopf zur Seite. Verzweifelt suchte sie Mischas Blick, der immer noch starr vor Schreck auf die Szenerie vor ihm blickte. Auch ihn würge es und er kämpfte gegen den Brechreiz, um sich nicht zu verschlucken, da er durch den Knebel nicht ausspucken konnte. Er sah den gehässigen Blick von Benno auf sich gerichtet, der genau wusste, dass er ihn durch diese seelischen Qualen mehr verletzten würde als durch jede körperliche Folter. Mischa kochte vor Wut und mit doppelter Anstrengung kämpfte er erneut gegen seine Fesseln an.

Jessica hatte sich inzwischen in ihr Schicksal ergeben. Gegen drei ausgewachsene Männer hatte sie nicht die Spur einer Chance. Ihre Beine wurden auseinandergerissen und als der erste gewaltsam in sie eindrang, schien ihr Unterleib in Flammen zu stehen. Die Schmerzen waren unerträglich, jagten ihr die Tränen in die Augen und entlockten ihrer Kehle einen Laut, der einem Todesschrei gleichzusetzten war. Dann wurde es still. Wieder suchte sie Mischas Blick und klammerte sich an ihm fest. Er würde ihr die Kraft geben, diese Tortur zu überstehen. Während sich ihr Peiniger heftig in ihr bewegte, hatte sie das Gefühl, ihr Leib würde auseinandergerissen.

Nach endlosen Minuten ließ er endlich von ihr ab, nur um seinem Kumpel Platz zu machen, der ihr gewaltsam die Beine nach oben bog, wo Benno sie festhielt. Jessica hatte nicht gedacht, dass es noch schlimmer werden könnte, aber als auch der Zweite mit kräftigen Stößen in sie drang, drohten ihr die Sinne zu schwinden. Aber sie hatte weder die Kraft, sich zu wehren, noch war sie in der Lage, zu schreien. Nicht einmal ein Wimmern brachte sie noch fertig. Sie lag einfach nur da und ließ es geschehen. Jessica hatte bereits aufgegeben.

Währenddessen kämpfte Mischa immer noch wie ein Löwe. Je schwächer die Gegenwehr des Mädchens wurde, desto rasender wurde ihr Freund. Er hatte das Gefühl, jemand würde ihm bei lebendigem Leibe das Herz herausreißen, während sich die drei Rocker immer wieder an seiner Freundin vergingen und er nur hilflos zuschauen konnte. Tränen verschleierten seinen Blick, aber er versuchte nach wie vor Jessicas Blick festzuhalten und ihr Kraft zu geben. Nach einer Ewigkeit, wie ihm schien, gaben seine Fesseln endlich nach.

Zuerst begriff er gar nicht, dass seine Hände endlich frei waren, weil er sich so verzweifelt auf seine Freundin konzentriert hatte. Aber dann registrierte er doch, dass er nichts mehr hatte, an dem er zerren konnte. Schnell nahm er die Arme nach vorne und öffnete mit zitternden Händen seine Fußfesseln. Blut tropfte aus den Wunden an den Handgelenken, doch das bemerkte er gar nicht. Die Seile hatten den Boden noch nicht ganz berührt, als er auch schon aufsprang, sich das Klebeband vom Gesicht zerrte und auf die drei Rocker zustürzte.

Er riss den ersten von Jessicas Kopf weg und

schleuderte ihn mit einer Kraft, die ihn selber am meisten überraschte, gegen die nächste Wand. Der Mann knallte mit dem Kopf dagegen, rutschte an der Wand entlang auf den Boden und blieb dort einfach liegen. Mischa kümmerte sich nicht um ihn, da er bereits auf den zweiten Peiniger einstürmte, der sie am Treten hindern sollte, und ihn mit einem Kinnhaken ins Land der Träume beförderte. Vermutlich vereinfachte seine Verzweiflung und der betrunkene Zustand der Männer Mischas Angriffe, denn er war alles andere als ein Preisboxer und unter normalen Umständen nicht dazu in der Lage gewesen.

Nachdem auch der zweite zu Boden gegangen war, zerrte er Benno von Jessica herunter, der nach wie vor immer wieder in sie eindrang und von Mischas Blitzangriff noch gar nichts mitbekommen hatte. Entsetzt und überrascht starrte dieser den plötzlichen Angreifer an, der wie ein Racheengel vor ihm stand. Aber schon im nächsten Moment hatte er seine Fassung wiedergefunden und zog sein Messer aus der Brusttasche. Mit einem Druck auf den Knopf sprang die Klinge heraus und bevor Mischa reagieren konnte, stieß Benno ihm die Klinge in den Arm. Blut lief diesem über den Ellenbogen, aber das Adrenalin ließ ihn auch diese Verletzung kaum spüren.

Wutentbrannt zog er das Knie an und rammte es mit aller Kraft in Bennos immer noch erregtes Glied. Dieser brach mit einem Wimmern zusammen. Das

Messer fiel ihm aus der Hand und er krümmte sich am Boden. Geistesgegenwärtig schnappte sich Mischa die Handschellen, mit denen Benno Jessica zuvor gefesselt hatte, zerrte Bennos Arme um den Pfeiler und schloss die Fesseln um seine Handgelenke, nachdem er den Schlüssen abgezogen und eingesteckt hatte. Benno wimmerte immer noch wie ein kleines Kind, aber Mischa kümmerte sich nicht um ihn und ließ ihn mit offener Hose einfach liegen.

Dann eilte er zum Tisch zurück, wo Jessica immer noch reglos mit gespreizten Beinen lag. Mischa konnte sehen, dass sie aus dem Unterleib blutete. Ihre Oberschenkel schimmerten grün und blau und aus einem Schnitt auf ihrer rechten Brust sickerte ebenfalls etwas Blut. Seine Augen wanderten zu dem Gesicht mit dem leeren Blick, der immer noch auf den Stuhl gerichtet war, an dem er noch vor wenigen Minuten gesessen hatte. Lebte sie überhaupt noch?

Mischa lief es kalt den Rücken herunter, als er sanft ihre Beine zusammenschob und eine Decke über ihre Blöße ausbreitete. Sanft nahm er ihren Kopf in seine Hände und streichelte vorsichtig ihre Wange. Dabei bemerkte er zu seiner Erleichterung die Tränen, die nach wie vor über ihre Wangen rollten und die er bei den Lichtverhältnissen vorher nicht bemerkt hatte.

Erleichtert atmete er auf: „Jessica? ... Jessy? ... Kannst du mich hören?"

Keine Reaktion. Das Mädchen rührte sich keinen Millimeter, die Augen starrten weiterhin ins Leere. Behutsam wickelte Mischa Jessica in die Decke und hob sie vom Tisch hoch, während ihm die Tränen ohne Unterlass über das Gesicht rollten und er sich immer wieder fragte, ob er zu spät gekommen war. Mit seiner Last in den Armen trat er aus dem Gebäude und blickte sich blinzelnd um. Er hatte keine Ahnung, wo sie waren; war erst in der Halle wieder erwacht und hatte daher nicht mitbekommen, wie er hierher gebracht worden war. Vor ihm führte etwas wie ein Waldweg entlang und er beschloss, diesem einfach zu folgen. Langsam machten sich die Folgen seiner Zusammenstöße mit Benno bemerkbar. Jeder Knochen im Leib schmerzte, die Stichwunde am Arm pochte und die Handgelenke brannten wie Feuer. Auch sein Kopf dröhnte und ihm war schwindelig. Zweimal musste er anhalten, um sich zu übergeben und er musste sich zusammenreißen, um nicht einfach aufzugeben.

Mit Jessicas leblosem Gewicht in den Armen und dem Blutverlust kam er nur sehr langsam vorwärts. Mischa wusste nicht, wie lange er dem Weg gefolgt war, als er schließlich die Lichter eines Polizeiwagens erblickte. Erleichtert blieb er stehen und ließ das Fahrzeug herankommen. Als der Wagen vor ihm hielt und ein Polizist ausstieg, sackte Mischa vor Erschöpfung in sich zusammen. Er bekam nicht mehr mit, wie einer der Beamten ihm die Freundin abnahm und auch nicht wie wenig später zwei

Krankenwagen heranrollten, um die beiden Verletzten zu versorgen.

RETTUNG IN LETZTER SEKUNDE

Nachdem Carolin den Telefonhörer aufgelegt hatte, war sie gähnend zurück in ihr Bett geschlichen und gleich darauf wieder eingeschlafen. Immerhin war sie erst vor drei oder vier Stunden nach Hause gekommen. Ihren Bruder hatte sie gar nicht mehr gesehen. Seine Tür war geschlossen gewesen und sie war davon ausgegangen, dass er bereits tief und fest schlief und wollte ihn nicht wecken.

Als Carolin gegen elf erwachte, machte sie sich in aller Ruhe etwas zu Essen. Ralf wollte sie erst in einer Stunde abholen, um mit ihr in den Zoo zu gehen. Als es schließlich an der Tür klingelte, sprang sie voller Vorfreude zum Eingang und wurde dort mit einem heißen Kuss empfangen.

„Guten Morgen, meine Schönheit", neckte er sie und erntete dafür einen Knuff in die Seite. „Bist zu startklar?"

„Ja, natürlich. Ich hole nur noch schnell meine Tasche." Carolin flitzte zurück ins Haus, schnappte sich ihre Handtasche und den Schlüssel und war gerade im Begriff, die Tür abzuschließen, als sie das Gefühl hatte, irgendetwas vergessen zu haben.

Ralf bemerkte ihr Zögern nicht, sondern redete gutgelaunt auf sie ein: „Freust du dich auch auf den Zoo-Besuch? Du – ich habe gelesen, dass sie einige neue Vogelarten haben. Da will ich unbedingt hin!" Ralf blickte seine Freundin voller Vorfreude an und war überrascht über ihren bestürzten Gesichtsausdruck.

„V Ö G E L! Verdammt!" Jetzt wusste Carolin, was sie vergessen hatte.

„Magst du keine Vögel?", fragte er vorsichtig.

Carolin blickte verwirrt auf: „Was? ... Nein, nein. Das ist es nicht. Mir ist nur gerade etwas eingefallen... Sag' mal, Ralf, findest du es nicht auch etwas merkwürdig, dass mich Jessy mitten in der Nacht gebeten hat, ihre Vögel zu versorgen, nur weil sie und Mischa den ganzen Tag einen Ausflug machen?"

Ralf war überrascht. Er hatte selber Vögel und wusste, dass das völliger Blödsinn war. „Bitte?", fragte er ungläubig.

„Ja. Sie rief heute Morgen an, aber ich war noch zu verschlafen, um zu begreifen, was sie da eigentlich sagte. Was sollte das nur?"

„Ich habe keine Ahnung", gab ihr Freund zu, „aber wir sollten schnellstmöglich zu ihrer Wohnung fahren. Hast du ihren Schlüssel?"

„Ja, natürlich", antwortete Carolin und stürmte noch einmal ins Haus, um Jessicas Ersatzschlüssel zu holen. Ralf hatte derweil sein Auto gestartet und Carolin sprang mit den Worten „Nun fahr' schon!" auf den Beifahrersitz und knallte ungeduldig die Tür hinter sich zu. Sie hatte schon zu viel Zeit vergeudet.

„Anschnallen!", befahl Ralf, bevor er auf das

Gaspedal stieg. Es dauerte nur wenige Minuten, bis sie an Jessica Wohnung anlangten. Carolin stürmte die Treppe hinauf, dicht gefolgt von Ralf, der ihr an der Tür den Schlüssel aus der zitternden Hand nahm. „Lass' mich mal lieber. Du bleibst hier!"

„Aber ich..." Carolin unterbrach sich, als sie Ralfs warnenden Blick bemerkte. Dieser hatte die Tür nun geöffnet und ging vorsichtig in die Wohnung. Alles schien in Ordnung zu sein.

„Es ist niemand da. Du kannst jetzt reinkommen", rief er zurück zu Carolin, die nur Sekunden später im Wohnzimmer stand und sich umblickte. Alles schien wie immer zu sein. Die Wohnung war aufgeräumt und es wirkte nichts ungewöhnlich.

„Caro?", machte sie ihr Freund auf sich aufmerksam. Er war zum Vogelkäfig getreten und hatte dabei Jessicas Brief gefunden. „Schau' dir das an!"

Seine Freundin trat an den Käfig und öffnete mit zitternden Fingern den Brief, den er ihr hinhielt und der an sie adressiert war. Nach wenigen Minuten ließ sie sich auf die Couch fallen. Ralf bemerkte die Tränen in ihren Augen und kam alarmiert näher. „Was ist los?", fragte er verständnislos.

Wortlos drückte ihm seine Freundin den Brief in die Hand und mit einem mulmigen Gefühl fing er an zu lesen:

Liebe Caro,

ich hoffe inständig, dass Du meinen Hinweis verstanden hast, denn das könnte unsere einzige Chance sein. Ich kann Dir jetzt nicht alles erzählen, dafür reicht die Zeit nicht. Nur so viel: Der Grund für meine Angst, die Unfälle und meine Verletzungen heißt Benno Schwarz! Er hat mich mehrfach vergewaltigt, misshandelt und weggeworfen, sogar angefahren. Ich hatte die ganze Zeit zu viel Angst, Euch oder der Polizei etwas zu sagen, weil er gedroht hat, Deinem Bruder etwas anzutun. Gestern Abend habe ich dann doch Mischa alles erzählt, aber Benno muss scheinbar eine Art Abhöranlage in meiner Wohnung installiert haben und hat uns belauscht.

An dieser Stelle blickte Ralf sich aufmerksam um und legte warnend den Finger auf die Lippen. Carolin nickte nur mit feuchten Augen und bleichem Gesicht. Ralf las weiter:

Als Mischa nach Hause ging, muss Benno ihn abgefangen und entführt haben. Er will MICH und die Beweisstücke, die neben dem Vogelkäfig liegen. Sonst wird er Mischa umbringen. Ich habe keine andere Wahl. Ich werde mich mit Benno um neun Uhr auf dem Parkplatz des Supermarktes treffen.

Bitte bringe die Beweise und diesen Brief schnellstmöglich zur Polizei und sage ihnen auch, dass Benno einen Wohnwagen am Stadtrand besitzt und öfter mit einer Rockerbande verkehrt: den Black Panthers. Vielleicht hilft denen das weiter.

Caro - Du und Dein Bruder sind mir die liebsten Menschen, die ich kenne. Ich werde nicht zulassen, dass einem von Euch etwas passiert. Ich werde versuchen, Mischa da rauszuholen - Koste es was es wolle!

JESSICA

Wortlos faltete Ralf den Brief zusammen, schnappte sich die Tüten mit den Beweisen und ergriff Carolins Hand. Mit Nachdruck zog er sie hinter sich her aus der Wohnung, doch erst im Treppenhaus traute er sich, etwas zu sagen: „Caro, wir müssen umgehend zu Polizei!"

Das Mädchen nickte. Das Entsetzen war ihr immer noch ins Gesicht geschrieben. Ihr Bruder entführt; ihre beste Freundin vergewaltigt und verprügelt. Sie konnte sich nicht einmal ansatzweise vorstellen, was Jessica durchgemacht haben musste. Aber nun machte ihr Verhalten der letzten Wochen endlich einen Sinn. Carolin verfluchte sich selber dafür, nicht schon viel früher darauf bestanden zu haben, dass ihre Freundin ihr die Wahrheit sagte. Aber jetzt war es zu spät. Jetzt mussten sie Hilfe holen – und das Ganze möglichst schnell!

Ralf fuhr so schnell wie möglich zum nahegelegenen Polizeirevier und da Carolin vor Aufregung nur unzusammenhängendes Zeug redete, legte er ihr beruhigend den Arm auf die Schulter und nahm schließlich die Sache selber in die Hand. In ruhigen Sätzen erzählte er dem Polizisten, was er wusste und übergab ihm die Tüten zusammen mit Jessicas Brief. Der Beamte las diesen aufmerksam durch, erhob sich dann und verschwand in einem Nebenraum.

Als er zurückkam, lächelte er die beiden aufmunternd an und sagte: „Ich habe alles Notwendige in die Wege geleitet. Machen Sie sich nicht verrückt, wir werden alles tun, um die beiden Vermissten zu finden. Der Verdächtige und seine Bande sind keine unbeschriebenen Blätter. Uns sind einige Treffpunkte bekannt, zu denen die Kollegen bereits unterwegs sind! Fahren Sie am besten nach Hause. Wir melden uns bei Ihnen, sobald wir etwas wissen. – Ach, und kümmern Sie sich um die junge Dame. Sie scheint ein bisschen blass um die Nase zu sein."

„Ich werde bei ihr bleiben. Vielen Dank. Bitte geben Sie uns sofort Bescheid, wenn Sie wissen, was mit Jessy und Mischa ist." Damit verabschiedete er sich von dem Beamten, legte den Arm um Carolin und führte sie zurück zum Auto.

Zusammen fuhren sie zum Haus von Carolins Eltern, wo er seine Freundin auf die Couch drückte und ihr erst einmal eine Tasse Tee machte. Als er mit der Tasse in der Hand ins Wohnzimmer zurückkehrte, fand er dieses verlassen vor. Ralf suchte das Haus ab und fand seine Freundin schließlich im Zimmer ihres Bruders vor. Sie saß auf dem Bett und hatte ein Kuscheltier von Mischa im Arm. Tränen liefen über ihr Gesicht. Wortlos setzte er sich neben sie und nahm sie tröstend in die Arme.

„Was, wenn die Polizei nicht mehr rechtzeitig kommt?", fragte sie schluchzend.

„Das wird sie schon. Das sind immerhin Profis", versuchte Ralf seine Freundin zu beruhigen, obwohl er selber nicht vollständig überzeugt war. Seit Jessica sich mit Benno hatte treffen wollen, waren bereits viele Stunden vergangen. Hoffentlich war es noch nicht zu spät.

Ihnen blieb jedoch nichts weiter übrig, als abzuwarten.

Als Mischa langsam erwachte, fühlte er sich, als wenn er von einer Dampfwalze überrollt worden wäre. Seine Augenlieder waren so schwer, dass er gar nicht erst versuchte, sie zu öffnen. Der ganze Körper schmerzte, in seinem Kopf dröhnte ein Presslufthammer und selbst mit geschlossenen Augen fühlte er sich, als hätte er zu viele Runden in einem Kettenkarussell verbracht und würde immer noch im Kreis herum gewirbelt. Er konnte fühlen, dass seine Wunden verbunden waren.

Wo zum Teufel war er bloß und was war passiert? Langsam versuchte er, seine Gedanken zu ordnen, die in seinem Kopf unkontrolliert herumwirbelten.

Je mehr Puzzleteile er zusammensetzen konnte, desto mehr erinnerte er sich an das, was mit ihm und vor allem mit seiner Freundin passiert war. Schließlich konnte er wieder halbwegs klar denken und nun hörte er auch ein leises Schluchzen in seiner Nähe. Mischa riss die Augen auf und drehte den Kopf ein wenig zu schnell in die betreffende Richtung.

„Jessy?", fragte er mit verschwommenem Blick. Der Schwindel hatte ihn wieder im Griff und infolgedessen konnte er das Mädchen an seinem Bett nicht sofort erkennen, das nun den Kopf hob und ihn erleichtert anlächelte: „Nein Mischa. Ich bin's – Caro."

„Caro? Was machst du denn hier?" Das Denken fiel Mischa immer noch schwer und er schloss erneut kurz die Augen, um wieder klar zu werden.

„Dumme Frage!", antwortete Carolin und man merkte ihr die Erleichterung sofort an. Sie trocknete ihre Tränen und trat näher an ihren Bruder heran. „Was glaubst du denn? Ihr habt uns einen riesigen Schrecken eingejagt. Ich dachte schon, du wachst nicht mehr auf."

Mischa zwang sich zu einem Lächeln: „Du weißt doch ‚Unkraut vergeht nicht'." Dann wurde sein Gesicht plötzlich wieder ernst: „Was ist mit Jessy?"

Carolin zögerte mit ihrer Antwort etwas zu lange, für Mischas Geschmack: „Sie ist auch hier im Krankenhaus. Es geht ihr soweit ganz gut", sagte sie leise.

Mischa richtete seinen Oberkörper mit zusammengebissenen Zähnen auf und blickte ihr in die Augen, woraufhin Carolin ihren Blick senkte. Seine Stimme war leise, doch seine Schwester hörte sofort, dass es in ihm bereits gefährlich brodelte: „Erzählt mir doch keine Märchen! Ich war dabei... ich habe gesehen, was sie mit ihr gemacht haben. Und du willst mir allen Ernstes weismachen, dass es *ihr gut geht*?" Wütend warf er die Bettdecke zurück und schwang die Beine aus dem Bett. „Wo ist sie?", fragte er eindringlich.

„Du darfst noch nicht aufstehen", widersprach Carolin und versuchte, ihren Bruder zurück in die Kissen zu drücken.

„Das ist mir egal. Ich will zu ihr!", brauste Mischa auf und Carolin blickte sich hilfesuchend zu Ralf um, der gerade mit einem Getränk für sie in der Hand in der Tür aufgetaucht war.

Er hatte zwar nur den letzten Satz mitbekommen, kombinierte jedoch blitzschnell und trat sofort an Mischas Bett. Beruhigend legte er ihm die Hand auf die Schulter: „Wenn du willst, bringen wir dich gleich zu ihr, aber zuerst hörst du mir zu!", sagte er mit ruhiger, aber bestimmter Stimme. „Da ist noch etwas, das du vorher wissen solltest."

Jessica lag bewegungslos in ihrem Bett. Sie wusste zwar, wo sie sich befand und auch, dass man ihre Wunden versorgt hatte. Alles andere nahm sie jedoch wie aus weiter Ferne wahr. Die letzte klare Erinnerung war der Zeitpunkt gewesen, als man ihr die Beine nach oben gebogen und der zweite Rocker sie vergewaltigt hatte. Die Schmerzen konnte sie immer noch fühlen. Sie hatte Mischas Blick gesucht und sich krampfhaft an ihm festgehalten. Von diesem Moment an war sie in eine Art Trance gefallen. Sie bekam nur noch sehr undeutlich mit, wie Benno und seine Kumpel sich immer wieder an ihr vergingen. Es war nicht mehr wichtig gewesen. Nur Mischa war wichtig. Er hatte ihr die Kraft gegeben, durchzuhalten. Ihr Körper war erschlafft und sie hatte keinerlei Kontrolle mehr über ihn gehabt.

Nur undeutlich hatte sie mitbekommen, wie Benno schließlich von ihr abgelassen hatte. Vielleicht hatte er ja endlich genug von ihr gehabt. Aber es war ihr auch egal gewesen, Hauptsache die Schmerzen ließen endlich etwas nach. Jessica hatte nach Mischa sehen wollen, aber sie war nicht mehr im Stande gewesen, irgendetwas zu bewegen. Sie war gefangen gewesen – in ihrem eigenen, entblößten Körper, über den sie keine Kontrolle mehr besaß. Dann hatte sie plötzlich gespürt, wie jemand sie bedeckt und sanft ihre Wange gestreichelt hatte. Sie hatte auch Worte gehört, die jemand gesprochen hatte, hatte jedoch ihren Sinn nicht begreifen können. Doch sie hatte Mischas Stimme erkannt und vor Erleichterung waren ihr Tränen über das Gesicht gelaufen.

Dann hatte sie geglaubt, zu fliegen. Sie hatte sich warm und geborgen gefühlt und geglaubt, Mischas Aftershave gerochen zu haben, genau wie an dem

Abend, als er sie geküsst hatte.

Ihre nächste Erinnerung war einige Zeit später gewesen, als ihr jemand die Beine auseinandergeschoben und irgendwo befestigt hatte. Erst hatte sie gedacht, dass die Tortur von vorne losgehen würde und hatte sich innerlich bereits auf die nächste Schmerzattacke vorbereitet. Aber die befürchteten Schmerzen waren nicht gekommen. Im Gegenteil, ihre vorhandenen Schmerzen waren sogar weniger geworden. Sie hatte auch irgendwelche Stimmen gehört, jedoch immer noch keinen Sinn begreifen können. Dann waren dort Berührungen in ihrem Intimbereich gewesen, doch außer einen kleinen Stich, wie von einer Mücke hatte sie kaum etwas gespürt und kurze Zeit später waren ihre Beine bereits wieder sanft aus ihrer Fesselung befreit worden. Das Ganze hatte etwas von einem Besuch beim Gynäkologen gehabt, doch Jessica hatte keine Ahnung, warum sie dort hätte sein sollen. Sie hatte es schließlich aufgegeben, die Antworten auf diese Fragen zu finden. Was hätte es auch geändert?

Nun lag sie bewegungslos in einem weichen Bett. Sie wusste nicht, wie lange sie schon hier lag. Nach wie vor unfähig sich zu rühren, starrte sie mit offenen Augen an die Decke. Ab und zu schaute eine Schwester vorbei, versorgte sie mit Augentropfen und sprach zu ihr. Mit der Zeit verstand sie auch die Worte, die an sie gerichtet wurden, konnte jedoch immer noch nicht darauf reagieren.

Auch ihre Freundin Carolin besuchte Jessica. Sie

erkannte ihre Stimme, wenn sie mit ihr redete. Auch streichelte sie Jessicas Hand, während sie ihr alte Geschichten erzählte. Jessica wollte ihr so gerne die Hand drücken, ihr mitteilen, dass sie noch da war, aber alle ihre Versuche verliefen im Sande. Sie hätte so gerne gewusst, wo Mischa war, ob es ihm gut ging und warum er nicht hier war. Hatte sie versagt? Hatte er es vielleicht nicht geschafft? Aber dann erinnerte sie sich, dass er sie gestreichelt, sogar mit ihr gesprochen hatte. Was war denn danach geschehen? Sie konnte sich einfach nicht mehr erinnern.

DIE MACHT DER LIEBE

Als sich die Zimmertür erneut öffnete, hörte Jessica ein quietschendes Geräusch, wie wenn Gummireifen über den glatten Krankenhausboden rollten. Plötzlich ergriff jemand ihre Hand und allein diese Berührung ließ ihr einen warmen Schauer durch den Körper rieseln. Sie hörte, wie sich die Tür leise wieder schloss, aber die Berührung war immer noch da. Zärtlich streichelten warme Hände ihre Finger und dann spürte sie weiche Lippen auf ihrer Hand. Etwas tropfte auf ihren Handrücken und als Mischa zu sprechen anfing, zitterte seine Stimme erheblich: „Jessica, ich bin hier. Wir haben es geschafft. Du darfst mich jetzt nicht verlassen... Ich brauche dich doch! Bitte kämpfe weiter... für mich... für uns! Es wird alles wieder gut. Er ist weg, er wird dir nicht mehr wehtun! Aber jetzt musst du gesund werden!" Jessica spürte seine feuchte Wange an ihrer Hand. „Bitte, lass' mich nicht allein." Sein Flehen war kaum zu verstehen, so leise und verzweifelt klangen seine Worte.

Jessica traten Tränen in die Augen. Wie gerne hätte sie ihm gesagt, dass sie bei ihm war, dass sie ihn verstand und wie sehr sie ihn liebte. Mischa blickte ihr in die starren Augen, genau in dem Moment, als die erste Träne aus ihrem Augenwinkel tropfte und über ihre Wange kullerte. Mischa fing sie mit dem Finger auf und begriff, dass sie ihn verstehen konnte.

„Du kannst mich hören, nicht wahr? Jessy, ich bin bei dir. Wir schaffen das – gemeinsam. Versprich mir, dass du nicht aufgibst! Ich werde es auch nicht tun. Ich weiß nicht, ob du jemals wieder wirst, wie früher. Nachdem, was passiert ist, wäre das fast ein Wunder. Aber es ist mir egal. Ich liebe dich, egal was wir durchgemacht haben und ich werde alles tun, was ich kann, um dich zurückzubekommen... Verdammt, ich liebe dich so sehr." Micha beugte sich über Jessicas Gesicht und gab ihr einen zärtlichen Kuss auf den Mund.

Ohne dass Jessica es bewusst steuerte, schlossen sich plötzlich ihre Augen bei der sanften Berührung seiner Lippen. Mischa bemerkte es und ließ erschrocken von ihr ab. „Jessica?", fragte er sanft. Sie öffnete die Augen und blickte ihm diesmal direkt ins Gesicht. Sie hatte wieder die Kontrolle über ihre Augen. Dankbar wollte sie ihm zulächeln, aber ihre Gesichtsmuskeln gehorchten ihr nicht.

Dennoch bemerkte Mischa das Strahlen in ihren Augen. Er lächelte sie zärtlich an und flüsterte: „Jetzt weiß ich, dass du es schaffst!" Erneut schlossen sich seine Lippen um ihren Mund und dieses Mal schloss Jessica mit voller Absicht die Augen und genoss die zärtliche Berührung.

Stundenlang saß Mischa an ihrem Bett, redete mit ihr und streichelte ihre Hand. Sie hatten sich eine

Möglichkeit ausgedacht, wie sie ihm mit den Augen antworten konnte, solange Mischa seine Fragen so stellte, dass sie mit Ja oder Nein beantwortet werden konnten. Mehrfach versuchten die Krankenschwestern, ihn zum Gehen zu bewegen, aber der Junge weigerte sich standhaft, bis sie es aufgaben und schließlich sein eigenes Bett zu Jessica ins Zimmer schoben, sodass sie ihn wenigstens davon überzeugen konnten, sich hinzulegen, da er selber ebenfalls noch Ruhe benötigte. Mischa ließ sich jedoch erst überreden, als sie sein Bett ganz nahe an das von Jessica geschoben hatten. Nun endlich legte auch er sich nieder, hielt aber Jessicas Hand die ganze Zeit umklammert, selbst noch, als er endlich einschlief.

Als Jessica im stillen Zimmer seine gleichmäßigen Atemzüge hörte, schloss auch sie endlich die Augen. Sie wusste nicht, wie lange sie nicht mehr geschlafen hatte. Waren es nur Stunden gewesen oder vielleicht sogar Tage? Sie fühlte sich erschöpft, hatte aber Angst vor der Dunkelheit. Sie wollte Bennos Gesicht nicht sehen, das immer wieder vor ihr auftauchte, wenn sie es versuchte.

Auch dieses Mal sah sie sein grinsendes Gesicht vor ihrem inneren Auge. Ihre Hände wurden eiskalt und fingen an zu zittern. Ängstlich riss sie die Augen wieder auf. Sofort war auch Mischa munter und drehte sich zu ihr um. Er sah ihre aufgerissenen Augen, die deutlich ihre Angst wiederspiegelten. Zärtlich strich er ihr die Haare zurück. Er ahnte, was passiert war.

„Er ist nicht hier", sagte er sanft, „er kann dir nichts mehr tun." Mischa spürte, wie ihr Körper nach einer Weile ruhiger wurde. Was konnte er nur machen? Sie musste schlafen – sich erholen. Ihre körperlichen und seelischen Wunden mussten heilen. Dann hatte er plötzlich eine Idee: „Glaubst du, es würde dir helfen... ich meine, hättest du etwas dagegen, wenn ich mich zu dir lege?", fragte er unsicher und blickte fragend in ihre Augen. Ihre Pupillen wanderten von rechts nach links, das Zeichen für *nein*. „Bist du sicher?", fragte er noch einmal, nur um nichts falsch zu verstehen. Ein Blinken war die Antwort, das Zeichen für *ja*.

Immer noch zögernd ging er um das Bett herum und schob sie ein paar Zentimeter in Richtung Bettkannte, damit sie beide auf der Matratze Platz fanden. Dann krabbelte er neben sie und bettete ihren Kopf auf seinen Arm. Jessica blickte ihn dankbar an. Der Junge spürte ihren warmen Körper an seiner Haut und ein Kribbeln zog sich durch seinen eigenen Leib. Sanft streichelte er mit der freien Hand ihre Wange. „Schlaf' jetzt", flüsterte er zärtlich, „ich pass' auf dich auf."

Nach einem letzten dankbaren Blick schloss sie schließlich die Augen und war bald darauf eingeschlafen. Zweimal wurde sie durch einen Albtraum geweckt, aber immer war Mischa sofort da, um sie zu beruhigen und kurz darauf war sie wieder eingeschlafen. Als sie die Augen das nächste Mal öffnete, blickte sie in Mischas Gesicht. Er hatte die

Augen noch geschlossen und seine gleichmäßigen Atemzüge verrieten, dass er tief schlief. Im Zimmer war es hell, Sonnenlicht durchflutete den Raum und schien auf sein Gesicht. Jessica lächelte ihn liebevoll an.

Dann stockte sie plötzlich... sie hatte gelächelt. Überrascht registrierte Jessica, dass sich ihre Mundwinkel tatsächlich bewegten. Wenn sie das schaffte, konnte sie vielleicht noch mehr. Konzentriert versuchte sie, ihren Kopf zu bewegen und tatsächlich brachte sie eine kleine Bewegung zustande. Aufregung machte sich in ihr breit. Sie konzentrierte sich noch stärker und schließlich schaffte sie es auch, ihre Finger zu bewegen. Ihre Arme fühlten sich zwar immer noch wie Blei an, aber die Finger gehorchten wieder ihren Befehlen.

In diesem Moment bewegte sich Mischa und sein Gesicht kam nur wenige Zentimeter neben ihrem zum Liegen. Jessica drehten den Kopf noch ein wenig mehr und gab ihrem Freund einen zärtlichen Kuss auf den Mund. Sofort riss dieser die Augen auf und starrte sie an. Dann strahlte er über das ganze Gesicht, nahm ihren Kopf in seine Hände und küsste sie mit einer solchen Inbrunst, dass sie beide nach Atem ringen mussten, als sich seine Lippen endlich von ihren lösten. Eine verlegene Röte zeichnete sich auf seinen Wangen ab.

„Entschuldige, ich wollte dich nicht...", begann er über sich selbst entsetzt, aber seine Freundin lächelte ihn nur an. Jessica wollte etwas sagen, aber ihr

Mund öffnete und schloss sich wieder, ohne dass ihm ein Laut entfuhr. Sie schloss die Augen und konzentrierte sich auf das, was sie tun wollte. Wieder öffnete sich ihr Mund und schließlich brachte sie ein stotterndes „Ich - liebe - dich" hervor. Mischa nahm sie in die Arme und drückte sie ganz fest an seine Brust.

„Dito", hauchte er ihr ins Ohr. In diesem Moment öffnete sich die Zimmertür und Caro trat ein. Sie blickte überrascht auf das Pärchen und grinste: „Euch kann man auch nicht alleine lassen, oder?"

Mischa überlegte kurz, was sie denn meinte und seine Wangen wurden heiß, als ihm klar wurde, dass er immer noch in Jessicas Bett lag. „Es ist nicht so, wie es aussieht", begann er zu seiner Verteidigung und wollte schon aus dem Bett springen, als Jessicas Arm plötzlich hochschnellte und seine Hand ergriff. Mischa drückte sie zärtlich. „Es ist schon gut. Ich gehe nicht weg." Sanft löste er ihre Finger und ließ sich von der Bettkannte rutschen. Sofort drehte sich alles und er musste sich an das Bettgestell klammern, um nicht hinzufallen. Jessica blickte ihn besorgt an, aber Mischa winkte ab: „Schon okay. Nur ein bisschen schwindelig."

Auch Caro war sofort zu ihrem Bruder gestürzt und half ihm, in sein eigenes Bett zu kommen. Sie konnte immer noch nicht glauben, was sie eben gesehen hatte. Als sie gestern Jessica zuletzt besucht hatte, glich diese mehr einer Leiche, als der Freundin, die sie liebte, und nun war das Leben plötzlich in sie zurückgekehrt.

„Seit wann...?", begann sie ihre Frage mit einem Blick auf die Freundin.

Mischa grinste: „Lange genug", antwortete er mit einem verliebten Lächeln im Gesicht.

Caro stutzte, aber dann begriff sie. „Quatschkopf! Das meine ich doch nicht. Das weiß ich doch schon lange, wahrscheinlich länger als ihr selber... Nein, ich meinte, seit wann sie wieder reagiert?" Bei ihren Worten hatte sie Jessicas Hand ergriffen und spürte deutlich, dass diese ihren Druck leicht erwiderte.

„Letzte Nacht", gab Mischa ihr Auskunft. „Es fing damit an, dass sie die Augen bewegen und die Lider öffnen und schließen konnte. Und heute Morgen hat sie plötzlich angefangen, sich zu bewegen."

„Das ist ja toll. Da werden sich deine Eltern aber freuen." Jessica blickte ihr fragend in die Augen. „Ach, entschuldige. Das wisst ihr ja noch gar nicht. Ich habe gestern Abend endlich unsere Eltern erreicht. Sie sind alle vier auf dem Weg hierher. Mit der nächsten möglichen Maschine."

Jessica lächelte sie dankbar an und Carolin drückte erneut ihre Hand.

Mischa und Jessica blieben noch einige Tage im Krankenhaus. Mischa erholte sich von seinem Schädel-Hirn-Trauma und Jessica machte Fortschritte mit ihrer Motorik. Nach wenigen Tagen hatte sie wieder die Kontrolle über ihren gesamten Körper erlangt und konnte sogar wieder laufen.

Auch ihre Stimme gehorchte ihr etwas besser, doch sie blieb weiterhin sehr schweigsam. Meist sagte sie nur wenige Worte – nur mit Mischa sprach sie etwas mehr. Keiner von beiden redete jedoch über ihre Erlebnisse, obwohl ihnen beiden klar war, dass sie es früher oder später tun mussten, um die Geschehnisse verarbeiten zu können.

Ihre Eltern waren inzwischen ebenfalls eingetroffen und besuchten die beiden täglich. Sie wussten von Carolin in etwa, was passiert war, quälten sie jedoch nicht mehr mit Fragen, um Näheres zu erfahren, sobald sie merkten, dass die Erinnerungen noch zu schmerzhaft waren. Jessicas Vater war jahrelang Militärpolizist gewesen und konnte nicht nachvollziehen, warum ausgerechnet seine Tochter nicht zur Polizei gegangen war, auch wenn Carolin ihm erzählt hatte, dass Benno ihr gedroht hatte, Mischa etwas anzutun. Jessica sah ihrem Vater deutlich an, welche Wut er auf Benno hatte und sie hätte für nichts garantieren können, wenn er diesen zwischen die Finger bekommen hätte.

Die beiden durften das Krankenhaus am gleichen Tag verlassen. Bis dahin ließ es sich Mischa nicht nehmen, jede Nacht mit ihr im selben Bett zu schlafen und sie beschützend in seinen Armen zu halten. Nur so traute sie sich überhaupt, die Augen zu schließen. Mischa war froh, dass Jessicas Eltern noch da waren und sie nicht alleine in ihre Wohnung zurückkehren musste. Körperlich schien sie wieder hergestellt, aber aufgrund ihrer psychischen Verletzungen hatten sie die Ärzte zurzeit noch krankgeschrieben.

Aber ihre Eltern würden in wenigen Tagen zurück in die USA fliegen müssen. An ihrem letzten Abend kam Mischa zu einem Abschiedsessen in Jessicas Wohnung. Als er in die Küche trat, um seiner Freundin bei den Vorbereitungen zu helfen, bemerkte er, wie sie fahrig Sachen fallen ließ und Gewürze vertauschte.

„Jessy?", fragte er sanft, legte ihr die Hand auf den Arm und hinderte sie damit daran, Steakgewürz in den Eintopf zu schütten. Verwirrt blickte sie ihn an.

„Was hast du denn?", fragte er, während er sie zu sich umdrehte, um ihr in die Augen schauen zu können.

„Morgen fliegen meine Eltern zurück. Dann bin ich wieder ganz allein. Ich habe Angst vor den Träumen, die mich jede Nacht heimsuchen."

Tröstend nahm Mischa die Freundin in die Arme. „Wenn du willst, frage ich meine Eltern, ob du eine Zeit lang bei uns wohnen kannst", schlug er vor.

„Nein, das geht doch nicht! Ich will deinen Eltern nicht zur Last fallen", widersprach sie energisch.

Mischa dachte nach: „Ich könnte natürlich auch... Ich meine – versteh' das jetzt bitte nicht falsch." Verdammt, war das schwer! Mischa riss sich zusammen und sprach schließlich aus, was er dachte: „Möchtest du, dass ich bei dir bleibe? Ich meine... ich könnte auf der Couch schlafen und es wäre dann jemand da, wenn du wieder einen bösen Traum hättest."

Jessica blickte ihn dankbar an. „Ich hätte nicht zu hoffen gewagt, dass du... Danke!" Ihre Stimme klang erleichtert. Sie gab ihm einen Kuss auf den Mund, dann lächelte sie plötzlich: „Und nein, du musst nicht auf der Couch schlafen. Ich glaube, über diesen Punkt sind wir bereits hinaus."

Mischa grinste. „Na ja. Der Anstand gebot mir, es wenigstens anzubieten."

Als Mischa am nächsten Tag alles Nötige zusammenpackte, um zu mindestens vorübergehend bei Jessica einzuziehen, betrat seine Schwester das Zimmer, nachdem sie angeklopft hatte. Sie betrachtete skeptisch das Chaos, das Mischa veranstaltet hatte.

„Kann ich dir vielleicht irgendwie helfen?"

„Das wäre super", grinste ihr Bruder und ließ sich erschöpft auf seinen Schreibtischstuhl sinken. Mit wenigen Handgriffen hatte Carolin das Nötigste und noch ein paar Sachen mehr zusammengepackt. Als sie den Reisverschluss seiner Tasche zuzog, blickte sie ihm in die Augen. Zum ersten Mal registrierte sie, dass sie nicht mehr von Liebeskummer gezeichnet waren, sondern vor Zuversicht und Liebe sprühten.

„Ich freue mich so für euch", stellte sie plötzlich fest, „auch wenn ich mir andere Umstände für euch gewünscht hätte."

Mischa stand auf und nahm seine Schwester in die Arme. „Danke, Schwesterherz. Das bedeutet mir sehr viel." Schweigend hielten sich die Geschwister in den Armen.

„Wird sie es schaffen?", fragte Carolin schließlich leise.

Mischa überlegte eine Minute. „Ja, ich glaube schon. Es wird seine Zeit dauern, aber sie wird es schaffen. Wir werden es zusammen schaffen."

An diesem Abend kuschelte sich Jessica vertrauensvoll in Mischas Arme und gemeinsam schliefen sie ein. Immer wieder quälten sie die Träume, doch wenn sie schreiend aufwachte, war Mischa da und nahm sie beruhigend in die Arme. Auch ihn quälten die Erinnerungen an diesen verhängnisvollen Tag, wenn auch nicht ganz so oft, wie seine Freundin. Er spürte immer wieder die Hilflosigkeit, die er verspürt hatte, weil er sie nicht beschützen konnte, als sie ihn wirklich brauchte. Mischa war klar, dass es so nicht weitergehen konnte. Sonst würden sie früher oder später daran zerbrechen.

Als Mischa am nächsten Tag von der Arbeit in sein neues Zuhause kam, erwartete ihn Jessica bereits. Sie sah blass aus und als er besorgt nachfragte, was los sei, erzählte sie ihm, dass sie auf der Couch eingeschlafen war und wieder einen schrecklichen Traum hatte. Aber es war niemand da gewesen, als sie schließlich schweißgebadet aufgewacht war, was alles noch viel schlimmer machte.

Mischa nahm ihre Hände in seine und blickte ihr tief in die Augen: „Ich weiß, dass dir das jetzt nicht gefallen wird, aber wir müssen etwas dagegen tun. Du musst mit jemandem reden. Wenn nicht mit mir, dann wenigstens mit einem Therapeuten. Und wir müssen endlich unsere Aussage bei der Polizei machen!"

Erschrocken riss Jessica die Augen auf: „Das kann ich nicht!"

„Doch, das kannst du. Wenn du willst, bleibe ich die ganze Zeit bei dir, aber du musst das jetzt machen. Nicht nur wegen ihm, damit er seine gerechte Strafe bekommt, sondern vor allem wegen dir selber! Du wirst sonst niemals in ein normales Leben zurückfinden können."

„Und du lässt mich wirklich nicht allein?"

„Ganz bestimmt nicht", versicherte er mit fester Stimme und sie glaubte ihm jedes Wort. „Komm'! Am besten bringen wir es gleich hinter uns." Mischa hatte sich erhoben und streckte auffordernd seine Hand aus. Seine Freundin zögerte einige Sekunden, bevor sie diese ergriff und sich von ihm hochziehen ließ. „Du schaffst das!", sagte er im Brustton der Überzeugung.

Jessica wollte ihm so gerne glauben, hatte aber immer noch Angst vor dem, was da auf sie zukam. Gemeinsam fuhren sie mit Mischas kleinem Fiat Panda zur Polizeidienststelle. Der Beamte am

Eingang bat sie, kurz zu warten und verschwand in einem Nebenraum, während sich die beiden auf die Besucherstühle setzten. Mischa ergriff Jessicas Hand und streichelte sie beruhigend. Er spürte, wie sie schon wieder zitterte. Eine Minute später wurden sie von einem Beamten aufgefordert, ihm in einen Raum zu folgen, in dem eine Kriminalpolizistin auf sie wartete und sie freundlich begrüßte.

Mischa war froh, dass es sich um eine Frau handelte – das würde Jessica die Sache vielleicht etwas erleichtern. Als die Kommissarin ihnen einen Sitzplatz angeboten hatte, fragte sie freundlich: „Möchten Sie lieber alleine mit mir sprechen?" Reflexartig ergriff Jessica Mischas Hand und drückte sie so fest, dass es wehtat. Die Beamtin lächelte verständnisvoll: „Das heißt dann wohl *nein*." Jessica nickte nur. „Ist es okay, wenn ich ihre Aussage aufzeichne?" Wieder ein Nicken. Die Kommissarin schaltete das Tonbandgerät ein, sagte ein paar erklärende Worte, damit das Band später zugeordnet werden könnte und wandte sich dann wieder an die junge Frau: „Wann immer Sie bereit sind. Lassen Sie sich ruhig Zeit."

Ein auffordernes Lächeln, ein hilfesuchender Blick seitens Jessicas zu ihrem Freund, der ihre Hand drückte, dann ein tiefer Atemzug und Jessica begann leise zu sprechen. Die Kommissarin schob das Mikro ein wenig näher zu ihr, dann hörte sie wortlos zu, wie sie berichtete, wo und wann sie Benno kennengelernt hatte, wie er sich plötzlich veränderte und ihr nachstellte, bis hin zu dem Sonntag an dem er sie in seinem Wohnwagen überwältigt und gefesselt hatte. An dieser Stelle stockte sie, als die Bilder an ihrem inneren Auge vorbeiflogen. Die Polizistin wartete geduldig, bis sie sich wieder gefangen hatte und auch Mischa sagte kein Wort, sondern hielt nur weiterhin ihre Hand fest, um ihr Kraft zu geben.

Erneut atmete Jessica tief durch und drängte ihre Tränen zurück, die sich ihren Weg bahnen wollten. Dann erzählte sie stockend weiter: von der endlosen Vergewaltigung im Wohnwagen, ihrem anschließenden Sturz vom Motorrad, den Drohungen und schließlich auch, wie er sie vor ihrer eigenen Wohnungstür überwältig und in ihrem Bett missbraucht hatte. Dann erzählte sie, wie sie nach dem Anschlag auf sie schließlich den Mut gefasst hatte, sich Mischa anzuvertrauen, und dass Benno danach ihren Freund entführt hatte.

An dieser Stelle übernahm Mischa für ein paar Minuten die Schilderung, was genau nach seinem Weggang passiert war, auch damit Jessica kurz durchschnaufen konnte. Diese hörte ihm aufmerksam zu, da sie ja die Einzelheiten auch noch nicht kannte und war geschockt über die Brutalität, mit der die Rocker über ihren Freund hergefallen waren. Als Mischa erzählte, wie er das Bewusstsein verloren hatte, schrie sie leise auf. Mischa drehte sich zu ihr um und strich sanft die Tränen von ihrer Wange, die es nun doch geschafft hatten, sich ihren Weg zu bahnen. Nach einigen Minuten, in denen die Polizistin erneut wortlos beobachtete, wie sich die beiden gegenseitig Kraft gaben, begann Jessica stockend mit der Erzählung des folgenden Morgens, als sie die Beweisstücke gefunden hatte; dann der Telefonanruf von Benno, wie sie danach überprüft hatte, ob Mischa wirklich nicht zu Hause war und wie sie seiner Schwester die versteckte Botschaft hinterlassen hatte. Und schließlich, wie sie das vermeintliche Beweisstück dupliziert und Carolin eine Nachricht geschrieben hatte. In diesem Moment zog die Kommissarin besagten Brief näher zu sich heran und nickte Jessica anerkennend zu.

Nach dieser kurzen Unterbrechung erzählte Jessica weiter, wie sie sich mit Benno getroffen hatte und was dann in der Lagerhalle passiert war, bis hin zu der Stelle, an der sie in eine Art Trance gefallen war. Hier stoppte sie und die Polizistin blickte sie fragen an.

„Und was ist dann passiert?", fragte sie nach einigen Minuten der Stille.

Jessica zuckte die Schultern und Mischa räusperte sich leise: „Das kann ich Ihnen erzählen." Dann blickte er besorgt zu seiner Freundin: „Möchtest du lieber rausgehen?"

Jessica schluckte vernehmlich, schüttelte dann aber tapfer den Kopf. „Ich bleibe", sagte sie mit fester Stimme und Mischa berichtete daraufhin in allen Einzelheiten, was die drei Rocker mit seiner Freundin angestellt hatten und welche Qualen es ihm bereitet hatte, ihr nicht helfen zu können. Während seines Berichtes liefen ihm die Tränen über das Gesicht, aber seine Stimme blieb fest. An seinem verkrampften Griff konnte Jessica jedoch fühlen, wie aufgewühlt er wirklich war. Langsam wurde ihr klar, wie das alles für ihn gewesen sein musste. Sie selber hatte ab einem gewissen Punkt nichts mehr mitbekommen, aber Mischa hatte das alles bei vollem Bewusstsein mit ansehen müssen, was mit ihr geschehen war und seine Hilflosigkeit war aus jedem seiner Worte herauszuhören. Jessica blickte zu der Polizistin hinüber und selbst in ihren Augen schimmerte es verdächtig. Als Mischa seinen Bericht mit dem Eintreffen des Streifenwagens beendete, herrschte einige Minuten tiefe Stille in dem Raum, bis die Kommissarin schließlich das Gerät ausschaltete und leise sagte: „Ich danke Ihnen."

Mischa wischte sich über das feuchte Gesicht und atmete hörbar durch. Auch Jessica schien erleichtert, dass es nun überstanden war.

Als die beiden etwas später wieder in ihre Wohnung traten, waren sie überrascht, wie befreit sie sich fühlten. Mischa hatte Recht behalten: sie mussten darüber reden.

Von diesem Tag an ging es aufwärts. Ihre Albträume wurden weniger und Jessica wachte nicht mehr jede Nacht schweißgebadet auf. Ihre Wangen bekamen wieder Farbe und auch ihr Appetit kam langsam zurück. Zusammen redeten sie über das

Erlebte und verarbeiteten es nach und nach. Jessicas Gips war inzwischen verschwunden und auch die anderen Verletzungen der beiden waren inzwischen vollständig verheilt. Jessica ging nun auch wieder arbeiten und an den Wochenenden trafen sie sich mit Carolin und Ralf, kochten zusammen, erzählten Geschichten oder spielten ein Brettspiel. Sogar im Country-Club waren sie schon gewesen.

Das Leben hatte sich in den folgenden Monaten wieder eingespielt und Mischa genoss die Stunden zu zweit, wenn sie zusammen fern sahen oder Musik hörten. Aber ihm war auch klar, dass er nur vorrübergehend bei Jessica eingezogen war und dass sie seine Hilfe bald nicht mehr benötigte. Seit einer Woche war sie nicht mehr durch einen Albtraum geweckt worden.

An einem Freitagabend im Februar – fast ein halbes Jahr nach den Ereignissen in der Lagerhalle – machten sie es sich auf der Couch in Jessicas Wohnzimmer gemütlich. Sie lauschten den leisen Klängen des Radios und Mischa beschloss, das Thema anzusprechen. „Jessy, wir müssen reden", begann er umständlich. Jessica fuhr herum und blickte ihn alarmiert an. „Wir sollten uns nichts vormachen. Du bist wieder gesund. Deine Albträume sind verschwunden."

„Ja und? Das ist doch gut.", stellte sie verständnislos fest.

Mischa schluckte. „Schon, aber du brauchst mich nicht mehr", sagte er mit leiser, trauriger Stimme.

Daraufhin glitt ein Lächeln über Jessicas Gesicht. „Du bist und bleibst ein Gentleman, Mischa... Aber ein liebenswürdiger. Natürlich brauche ich dich: jetzt... und morgen... und auch in der Zukunft." Bei ihren letzten Worten tippte sie jeweils mit dem Finger auf seine Brust. Zum Schluss nahm sie sein Gesicht in ihre Hände und gab ihm einen langen Kuss. Sie spürte, wie sich sein Gesicht aufhellte und seine Anspannung nachließ.

„Du meinst...", setzte er an, als er wieder Luft bekam.

„Ich möchte, dass du bei mir bleibst. Für immer und ewig. Das ist jetzt auch dein Zuhause."

„Wirklich?", fragte er ungläubig.

„Natürlich nur, wenn du willst", grinste sie ihn an.

„Natürlich will ich", rief er aus, sprang von der Couch auf, schloss seine Freundin in die Arme und wirbelte sie herum. Als er sie wieder absetzte, blickte ihm Jessica tief in die Augen: „Komm' mit", sagte sie leise, nahm ihn an die Hand und führte ihn in Richtung Schlafzimmer. Dort angekommen schloss sie ihn in die Arme und der leidenschaftliche Kuss ließ eine Welle des Verlangens durch seinen Körper rasen.

Mit zitternden Fingern öffnete sie die Knöpfe seines Hemdes, streifte es ihm über die Arme und ließ es einfach auf den Boden fallen. Zärtlich liebkoste sie seine Brustmuskeln, strich sanft über die Narbe, die Bennos Messer hinterlassen hatte und streifte endlich ihren eigenen Pullover über den Kopf. Mischa blickte sie verwundert an. „Bist du dir sicher?", hauchte er leise und hoffte, dass sie die Erregung in seiner Stimme nicht hörte.

Jessica nickte nur, nahm seine Hand und führte sie an ihre Brust. Mischa meinte, zerspringen zu müssen, als er sanft den Verschluss ihres BHs öffnete und seine Finger schließlich ihre weiblichen Rundungen erkundeten. Das Ziehen in seinem Unterleib wurde stärker, aber er wusste, dass sie sich Zeit lassen mussten; dass er sie nicht überfallen durfte, auch wenn sie es war, die die Initiative ergriffen hatte. Zärtlich trafen sich ihre Lippen zu einem weiteren, leidenschaftlichen Kuss. Hitze wallte in seiner Brust auf. War es richtig, was er hier tat?

Mischa blickte Jessica an, konnte in ihren Augen Vertrauen lesen und hob sie schließlich hoch, um sie sanft auf ihr Bett zu legen. Sein Mund wanderte zu ihren Brüsten, seine Zunge spielte mit ihren Brustwarzen, die sich bei seinen Berührungen verhärteten. Jessica hatte die Augen geschlossen, genoss die Berührungen, die ihren ganzen Körper erbeben ließen. Sie hielt sich an seinen Oberarmen fest und spürte das Spiel seiner Muskeln, als er die Hand langsam zu ihrem Bauchnabel sinken ließ. Dann wanderte sie weiter zu ihrem Oberschenkel und strich sanft an der Innenseite entlang. Umgehend verkrampfte sich ihr Körper und Mischa ließ sofort von ihr ab. Vielleicht war es doch noch zu früh.

Jessica öffnete die Augen, nahm seine Hand und führte sie zurück zu ihrem Bein. Mit einem auffordernden Blick drückte sie seine Hand an ihren Schenkel und als er vorsichtig seine Finger bewegte, beobachtete er sie genau. Sie blickte ihn offen an und strich ihm über den nackten Rücken.

„Wir müssen das nicht tun", flüsterte Mischa, als er die Träne in ihrem Auge sah.

„Ich will aber", lächelte sie. „Bitte hilf mir dabei."

„Das werde ich", antwortete er ebenso leise und verschloss ihren Mund mit seinen Lippen. Sanft streichelte er ihre Schenkel und langsam entspannte sie sich wieder. Erst als er sich sicher war, dass sie sich wohl dabei fühlte, glitten seine Finger zu ihrem Reisverschluss. Wie in Zeitlupe öffnete er ihre Hose und beobachtete dabei jede ihrer Reaktionen. Aber alles schien in Ordnung zu sein. Vorsichtig zog er ihr die Hose von den Beinen, sodass sie nur noch mit ihrem Slip bekleidet vor ihm lag. Mischa betrachtete ihren Körper. Man konnte sehen, dass die letzten Monate Spuren hinterlassen hatten. Langsam ließ er sich neben sie gleiten, während er weiter ihren nackten Körper liebkoste. Jessicas Hände glitten suchend an ihm hinab, bis auch sie ihr Ziel erreichten und in der Stille hörte er deutlich das Geräusch, als sie den Reisverschluss seiner Jeans öffnete und ihm die Hose über die Hüften schob. Ihre zärtlichen Berührungen ließen seinen Unterleib vibrieren, er bemerkte nicht einmal mehr, wie sie ihm auch noch das letzte Kleidungsstück abstreifte und sanft sein erregtes Glied streichelte. Mit geschlossenen Augen unterdrückte er das Verlangen, über sie herzufallen. Er schmiegte sich an sie, während er sie weiterhin liebkoste. Sein Unterleib berührte ihre Schenkel und deutlich spürte er das Beben, das auch durch ihren Körper jagte. Mit einer sanften Bewegung streifte er nun auch ihren Slip herunter und während seine Finger mit ihr spielten, bäumte sie sich mit einem Stöhnen auf. Mischa suchte ihren Blick und seine unausgesprochene Frage beantwortete sie mit einem Nicken. Mischa drängte sich näher an sie heran; vorsichtig gab er dem Verlangen nach, das so sehr in ihm brannte.

Jessica zuckte nur kurz zusammen, als sie sich vereinigten, aber in der nächsten Sekunde war die Angst auch schon wieder vorbei und sie passte sich seinen Bewegungen an, die leidenschaftlicher wurden, als Mischa eigentlich wollte. Aber das Lächeln in Jessicas Gesicht spornte ihn immer weiter an. Ihre Hände unterstützen seine Hüften zusätzlich. Als ihre Körper schließlich zu explodieren schienen, glitt ein seliger Ausdruck über Jessicas Gesicht.

Heftig atmend löste er sich von ihr und ließ sich neben sie auf das Bett gleiten. Noch immer hielt er sie in den Armen und streichelte zärtlich ihre Brüste. Jessica schloss verträumt die Augen, dann öffnete sie sie wieder und blickte Mischa offen an.

„Du hast keine Ahnung, wie sehr ich dich liebe",

flüsterte sie dankbar und kuschelte sich an seine erhitzte Brust.

„Oh doch, das habe ich", flüsterte er leise zurück und die Überzeugung in seinen Worten war nicht zu überhören.

ENDE

DANKSAGUNG

Als ich mich 2018 dazu entschlossen habe, diese Geschichte, die ihren Ursprung vor zwanzig Jahren hatte, endlich einmal zu Ende zu schreiben, ahnte ich nicht, dass dies der Beginn einer Leidenschaft sein würde, die fast dreißig Jahre in meinem Inneren schlummerte, bevor sie nun kaum noch zu bändigen ist. Heute ist das Schreiben für mich ein Ausgleich zu Beruf, Familie und Haushalt. Beim Schreiben kann ich entspannen und meine Träume und Gefühle in Worte fassen.

Ich möchte meiner Familie und vor allem meinen beiden Kindern danken, dass sie mir diese Freiheit lassen und sogar meine Freude am Schreiben ein wenig mit mir teilen. Besonders meine Tochter steht mir gerne mit Rat und Tat zur Seite, wenn es darum geht, passende Namen für meine Charaktere zu finden.

Ein großes Dankeschön geht auch an meine Probeleserinnen, die mir Feedback zu Inhalt und Rechtschreibung gegeben und mich motiviert haben, dieses Buch zu veröffentlichen: meine Mutter Arietta Ziegelmayer, meine Tochter Jessica Choate und meine beiden Arbeitskolleginnen Antje Liebold und Barbara Wohlmann.

Außerdem möchte ich meiner Tochter ebenfalls für die Hilfe bei der Gestaltung des Titelbildes danken.

Zum Schluss möchte ich mich auch bei meinen Lesern bedanken, die ich hoffentlich mit dieser Geschichte über die erste Liebe, Verlust und Angst, aber auch wahre Freundschaft und die Bereitschaft, sein Leben für andere aufs Spiel zu setzten für eine Weile in ein Land der Phantasie entführen konnte.

Claudia Choate, Mai 2019

WEITERE TITEL VON C.CHOATE

Verlorene Seelen 1 – Licht am Ende des Tunnels

Verlorene Seelen 2 – Ein Hundeleben

C. CHOATE

Verlorene Seelen 1
Licht am Ende des Tunnels
437 Seiten

Die 15jährige Waise Charlotte Rudd, genannt Charlie, wird aufgrund ihrer Herkunft von ihren Klassenkameraden gemobbt, verprügelt und zum Diebstahl genötigt, schließlich sogar für ein Verbrechen verurteilt, dass sie nie begangen hat.

Als alles verloren scheint, tritt der junge Polizist Stefan Wagner in ihr Leben und Charlie sieht zum ersten Mal in ihrem dunklen Leben ein Licht am Ende des Tunnels.

Bis ein weiterer Schicksalsschlag erneut ihr Leben aus den Bahnen wirft.

ISBN: 978-3-74818-996-1

C. CHOATE

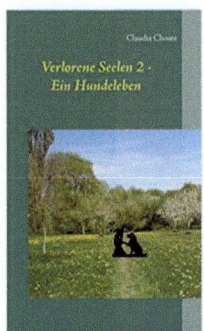

Verlorene Seelen 2
Ein Hundeleben
276 Seiten

In der Schule ahnt anfangs niemand, dass der aufgeweckte Jason zu Hause die Hölle durchmacht. Nach der harten Arbeit auf dem Hof und im Haushalt ist der 12-jährige oft zu erschöpft, um noch für die Schule zu lernen, während sein gewalttätiger Vater sich vom Nichts-tun ausruht.

Doch der Junge hat Angst, sich irgendjemandem anzuvertrauen, bis ihn seine Neugierde eines Tages fast das Leben kostet und er begreift, dass auch er ein Recht auf ein Leben ohne Angst und Gewalt hat.

ISBN: 978-3-74819-337-1